KB069761

춤추고 노래하고 요가하는

춤추고 노래하고 요가하는
요가를 하며 깨달은 것들

초판 1쇄 발행 2020년 11월 13일

지은이 김이현
펴낸이 황남희
책임편집 안지혜, 손선일, 황부농
디자인 스튜디오 티끌
사진 곽용섭

펴낸곳 이후진프레스
출판등록 2018년 1월 9일(제25100-2018-000002호)
이메일 2huzine@gmail.com
인스타그램 @now_afterbooks

ISBN 979-11-962955-9-2 (03810)
값 15,000원

이후진프레스는 독립책방 이후북스의 출판 브랜드입니다.

이 도서의 국립중앙도서관 출판예정도서목록(CIP)은
서지정보유통지원시스템 홈페이지(http://seoji.nl.go.kr)와
국가자료종합목록 구축시스템(http://kolis-net.nl.go.kr)에서
이용하실 수 있습니다. (CIP제어번호 : CIP2020044719)

춤추고

노래하고

요가하는

요가를 하며 깨달은 것들

김이현 지음

몸을 이리저리 움직여 봅니다. 앞으로 숙여도 보고 뒤로 젖혀도 보고 살짝 옆으로 비틀어 보기도 합니다. 그러면서 마음도 들여다봅니다. 숙이고 젖혔을 때의 마음과 비틀었을 때의 마음이 어떤지, 아픈지, 짜증이 나는지, 화가 나는지 아니면 평화롭거나 안정적인지, 어떻게 변하고 움직이는지 살펴봅니다.

그런 연습은 일상생활에서도 이어집니다. 어딘가를 가고, 누군가를 만나고, 먹고, 보고, 생각하고, 나의 마음과 감각을 살피고 알아차리는 것. 그 알아차림을 통해 마음을 안정시키는 과정이 요가입니다. 요가를 통해 내 안을 들여다보게 됩니다. 의식적으로 움직이는 연습을 하다 보면 감각도 움직입니다. 몸을 움직이면 마음도 움직입니다.

문제는 '요가하는 나'를 만드는 것입니다. 저는 선생님들에게 "당신의 요가란 무엇입니까?"라고 자주 물었습니다. 어느 날 그 질문을 저 자신에게 했을 때 요가는 그 자체이며 우리와 하나라는 결론을 내렸습니다. 있는 그대로의 우리이며 그 안의 신성입니다. 요가는 배우는 게 아니라 깨우치는 것입니다. 우리가 살아가는 방법이자 경험입니다. 그 깨달음으로 이 글을 썼습니다.

요가쿨라 꽃담에 앉아
2020년 가을

요 가 를
꿈 꾸 고

요가가
가장 쉬웠어요

많은 사람들이 요가를 언제부터 왜 시작했냐고 물어본다. 그럼 지나온 시간을 더듬어 보면서 이렇게 대답한다. 요가가 쉬워 보였다고. '공부가 가장 쉬웠어요.'는 아닌데, '요가는 가장 쉬웠어요.'라고.

88학번에게는 선택의 여지가 없었다. 서울에서 자라고 학교에 다녔지만, 고향이 전라도이고 친척들이 광주에 살고 있다면 더더욱 그랬다. 보고 들은 이야기가 많아 화염병을 만들어 던지고 구호를 외치다 보니 학점은 최루탄 연기처럼 낮게 바닥을 헤맬 수밖에 없었다. 군대 갔다 와서 복학한 뒤에도 졸업은 과연 할 수 있을까, 하는 의구심을 품은 채 하루하루를 보냈다. 지금처럼 청년실업은 없었고 경기는 호황이었으니 마음만 먹으면 어디든 취직해서 화이트칼라로 사회생활을 시작할 수 있었을 텐데, 젊어 고생은 사서도 한다는 말을 무기 삼아 군대 고참을 따라 화물차 운전을 하게 되었다.

화물 운수 창고에 처음 간 날을 잊을 수가 없다. 봄비가 내리고 있었다. 자욱한 안개와 지게차에서 내뿜던 눅눅한 기름 냄새, 그리고 짐을 싣고 내리며 질러대던 사람들의 고함은 막 사회에 발을 내딛는 내게 충분히 위압적이었다. 나를 위아래로 한참 동안 훑어보던 상무님은 고개를 가로저으며 "네가 3일을 버티면 내 손에 장을 지지겠다."라고 말했다. 난 자존심이 상해서 적어도 3개월은 버티겠다고 속으로 다짐했다.

짐을 싣는 일은 밤 10시를 넘겨서야 끝났고 올림픽대로를 지나 2차선에서 8차선으로 한참 확장 공사를 시작한 경부고속도로에 진입했을 때는 자정을 넘겼다.

밤을 새워 울산 현대자동차에 도착해 공장마다 자동차 부품을 내려주고 다시 다음 날 오전까지 대림동 사무실로 올라오는 일정이었다. 일주일에 3번, 한 달에 12번을 서울과 울산을 왕복하는데, 이건 사람이 할 짓이 아니었다. 하지만 밑도 끝도 없는 자존심으로 3개월을 버텼고 그 3개월이 어느덧 10년을 넘기며 고속도로에서 청춘을 보냈다.

그 일을 오래 한 여러 가지 이유가 있었지만, 같이 일하는 사람들과 어울리는 재미가 좋았고 무엇보다 자유로웠다. 특별히 상사가 있는 것도 아니어서 누군가에게 지시받을 일도 없었다. 그러다 보니 일반 회사에 눈치 보며 다닐 필요를 못 느꼈고 수입이 좋았던 것도 무시하지 못했다.

10년의 고속도로 생활에서 결혼도 했고 여유도 생겼지만, 2002년 월드컵 열기가 한창이던 어느 날 이 위험한 생활을 그만두어야겠다는 생각이 들었다. 앞으로 뭘 하며 살아야 할까? 생각만 하던 내게 임산부 요가를 다니던 아내 황정희가 문득 요가원을 해 보지 않겠냐고 농담처럼 말했다. 요가? '요기 다니엘'이라는 외국인이 TV에 나와 몸을 꼬며 이상한 동작들을 하다가 마지막에는 조그만 상자 안에 자신의 몸을 접어서 들어가던 장면을 본 적이 있는데 나무토막 같은 나더러 상자 안에 들어가는 그런 걸 하라고? 우리는 함께 웃었다. 그런데 며칠 뒤 정희는 정말로 요가원에 대한 자료를 갖고 와서 읽었고 압구정에 있는 요가협회 사무실로 나를 끌고 갔다. 협회 회장님은 낯선 곳에서 어색하게 앉아 있던 나를 아래위로 훑어보더니 개량한복을 입고 앉아만 있어도 되겠다고 했다. 그날 우리는 인천 부평 요가협회 지부 허가를 받았다. 요가 정보를 훤히 꿰고 있던 정희 덕이 컸으리라.

요가원 생활은 단순했다. 아침부터 저녁까지 개량한복을 입고 앉아 있거나 뒷짐 지고 서 있는 것이 전부였다. 회장님의 눈썰미가 정확했던 것인가! 요가를 하러 오는 회원들은 한마디도 안 하고 앉아 있는 나를 요가 고수로 알았다. 왠지 모를 위엄이 느껴진다며 아무도 말을 걸지 않고 그러면 그럴수록 나는 더 말을 아꼈다. 속으로는 '제발 누구든 요가에 관해서 물어보지 말아요.'라고 혼잣말을 되뇌었지만 말이다. 아무튼 그런 생활이 지속되다 보니 요가에 대해 늘 생각할 수밖에 없었다. 초빙된 선생님들이 강의하는 모습을 보고 혼자서 이런저런 자세를 따라 해보기도 했다. 흔히 나무자세(Vrksasana)라고 불리는 아사나(Asana)♦는 한 발로만 서는 자세. 회원들은 한 발로 서려다가 몸이 이리저리 흔들려서 쓰러졌다. 영웅자세(Virasana)라고 불리는 무릎을 구부리고 앉은 아사나도 쩔쩔매며 하는 분이 많았다. 그 모습을 보자니 조금 우습기도 했고 요가가 뭔지 모르지만 저런 걸 하는 거라면 나도 할 수 있을 것 같았다. 쉬워 보였다. 어릴 때부터 한 발 서기와 무릎을 구부리며 앉는 것만큼은 자신이 있었기 때문이다. 학창 시절, 무릎 꿇고 앉아 두 손 들고 벌 받던 게 이런 식으로 도움이 될 줄은 몰랐다. 그 길로 압구정 본원에 가서 요가 공부를 시작했다.

이름도 낯선 요가 경전을 읽고 나면, 몸으로 요가 동작을 구현하는 아사나 수련이 이어졌다. 흥미로웠

♦ 《요가수트라》의 8단계 수행법 중에서 3단계로 요가 자세를 뜻한다. 원래 '앉는 다'라는 의미이며 좌법이라고도 한다.

18

다. 지금은 아사나가 화려하고 다양하지만 당시만 해도 단순했다. 유연성이 필요한 자세를 하는 데는 시간이 좀 걸렸지만 균형을 잡는 자세와 버텨야 하는 자세는 생각보다 쉽게 따라 할 수 있었다.

요가 동작들을 보면 어린 시절 놀이 문화가 중요하다는 생각이 든다. 들과 산으로 뛰어다니며 나무에 올라가거나, 바위에 올라가서 온종일 자연에서 놀아본 사람들은 요가 동작을 하기가 쉽다. 이해하는 것도 빠르다. 요가와 자연은 하나이고 그 깊이가 같다는 사실을 금방 깨닫는다. 누구든지 다 마찬가지겠지만, 흥미를 느끼게 되는 일이 생기면 좋아하게 되고 좋아하는 것은 즐거워지고 즐거워지면 더 알고 싶어진다. 더 알고 싶어지면 몰두하게 되고 결국 사랑에 빠지게 되는 것이다. 내게 요가는 그렇게 찾아왔다. 10년 넘게 운전만 하던 내게 새로운 세계가 펼쳐진 것이다. 급기야 나는 요가 공부를 시작한 지 넉 달 만에 인도로 요가 연수를 떠나게 되었다.

나의 첫 수업

요가 강사는 누군가를 가르치기 위해 말을 해야 하는 직업이다. 요즘 20~30대 강사들을 보면 티칭을 빨리 익히고 굉장히 잘하는 것 같다. 아마 학교 다닐 때부터 발표 수업을 많이 해보았거나 사람들 앞에 서는 것이 익숙해서 그런 게 아닐까 짐작한다.

좀 나이가 있는 사람들은 학창 시절에도 무리 앞에 나가 말할 기회가 별로 없었다. 중고등학교 시절에는 반장이나 오락부장 등 소수 학생만 앞에 나섰고 대학도

과대표나 뭔가 직함을 가진 친구들이 말을 했지, 보통의 평범한 학생들은 목소리를 낼 기회가 적었다. 그래서 지도자 과정을 하다 보면 상대적으로 나이 많은 선생님들이 첫 티칭에 대한 부담감을 더 크게 느끼고 어려워한다. 하지만 처음이 어렵지, 연륜이 있으니 익숙해지기만 하면 성숙함이 묻어나는 티칭이 나온다.

개량한복을 입고 요가원에 앉아 있는 게 내 역할이었는데 협회에서 요가 공부를 시작한 지 3개월 만에 직접 강의를 해야만 하는 상황이 찾아왔다.

당시 인천은 요가 선생님이 많지 않았던 시절이라 서울에서 선생님을 모셔올 수밖에 없었다. 그런데 선생님 한 분이 집 가까운 곳에 좋은 자리가 생겨 갑자기 그만두게 되었다. 다른 선생님을 당장 구할 수 없는 형편이었다. 그래서 외모는 요가 고수처럼 생겼지만 실제로는 아무것도 모르는 내가 수업을 진행하게 된 것이다.

요가 공부를 하고는 있었지만 누군가에게 요가를 가르칠 생각은 없었다. 주로 요가 철학 공부에 집중하던 때였고 틈틈이 요가 동작을 연습했지만 가르치는 연습은 전혀 되어있지 않았다. 10년을 화물차 운전만 하다가 갑자기 요가원 원장이 된 사람한테 감당하기 어려운 과제가 생긴 것이다! 하지만 발등에 불은 떨어졌고 수업을 할 수밖에 없는 상황으로 흘러갔다.

수업을 맡게 된 시간은 오전 7시였다. 그 당시 나는 서울 성동구 행당동에 살았는데 6시 30분까지 부평 요가원에 도착해서 요가원 문을 열고 있었다. 5시 30분에 일어나서 출발했고 저녁 11시에 퇴근을 했다. 화물차 운전을 하면서 쪽잠을 자거나 밤을 새우는 것이 익숙하다 보니 이런 출퇴근은 차라리 쉬웠다. 하지만 한 시간 동안 요가를 가르쳐야 한다는 것은 엄청난 스트레스로 다가왔다.

주변 선생님들의 도움을 받아 수업을 짜서 시퀀스를 외우고 동작을 시범 보이는 연습에 들어갔다. 생각했던 것보다 훨씬 더 어려웠다. 차라리 몸을 접어서 상자 안에 들어가 버리고 싶었다. 요가 티칭은 나를 절망감에 빠져들게 했다.

낮아질 대로 낮아진 자존감을 간신히 붙잡고 수업을 해야 하는 요가원에 도착했다. 그날 아침 공기는 서

늘했다. 잠을 설쳐서 평소보다 일찍 요가원에 도착했다. 간단한 청소를 마친 후 향을 피우고 내 자리(같지는 않지만 앉아야만 할 자리)에 앉았다. 일주일 동안 쓰고 지우며 연습했던 요가 순서를 적은 노트를 펼쳤다. 그때 젊은 여성 회원이 들어왔다. 가슴이 콩닥콩닥 뛰었다. 누가 더 들어오는지 출입구 문만 바라보았다. 날씨가 갑자기 쌀쌀해져서인지 평소와 달리 더 이상 회원은 안 들어왔다. 가슴은 더 쿵쾅거렸다. 여러 명을 상대로 연습했던지라 단 한 명의 회원이 더 부담스러웠다. 그래도 정신을 바짝 차리자고 다짐하며 회원과 마주 보고 앉았다.

"날씨가 갑자기 추워져서 오시는 데 불편하지는 않았나요?"

내가 먼저 말을 걸었던 것 같다.

"네. 갑자기 추워졌네요."

회원은 대답했다.

이제 결단을 내려야만 한다. 나는 솔직해지기로 했다. 나는 더듬거리며 말을 이어갔다.

"저, 수업하기 전에 드릴 말씀이 있는데요. 제가 오

늘 요가 수업이 처음이거든요. 그래서 제가 많이 서툴고 실수를 할 수도 있는데…"

회원은 눈을 깜박이며 이렇게 말했다.

"정말요? 저도 오늘 요가가 처음이에요. 하하."

아, 다행이다. 이 회원은 내가 원장인 줄 모르는 모양이다. 더 정중히 말을 이어갔다.

"제가 처음이다 보니 긴장해서 그러는데 혹시 제가 요가 노트를 앞에 꺼내 놓고 해도 될까요? 보면서 하면 좀 안심이 될 것 같아서…"

그렇게 우리의 첫 요가 수업은 시작되었다. 연습한 대로 호흡과 명상부터 시작했다. 앞으로 숙이고 뒤로 젖히며, 몸을 푸는 동작을 이어서 했고 간혹 기억이 안 나면 같이 노트로 고개를 숙였다.

"이 동작이 맞는 것 같죠."

"그런 것 같아요."

무사히 한 시간 수업을 마쳤다.

추운 날씨 때문인지 다음 날에도 회원과 둘이서만 요가 수업을 하게 됐는데 노트를 보면서도 어제와는 다른 새로운 시퀀스로, 혹시 모르겠으면 같이 머리

를 맞대고 의논하며 수업을 진행했다. 그다음 날부터
는 한두 명씩 사람들이 늘어났고 노트는 뒤로 숨긴 상
태였지만 자신감이 붙었다. 물론 작은 실수는 있었지
만, 마치 동지 같아진 첫 회원과 눈빛을 주고받으며 위
기를 넘겼고 수업이 끝나고 나서는 그에게 칭찬도 들
었다.

2주 정도 지나자 오전 강의 회원 수가 15명이 늘어
났다. 그만큼 경험이 쌓이고 요가 수업은 이렇게만 하
면 되겠다는 자신이 생긴 어느 날 아침, 첫 수업을 함
께 한 회원의 모습이 보이지 않았다. 늦은 저녁 시간에
야 마주친 그는 자신이 원래 올빼미족이라고 했다. 아
침형 인간이 되기로 마음먹고 오전 요가를 신청했는데
도저히 안 될 것 같아서 이제부터 퇴근하고 저녁에 나
온다는 것이다. 내 수업을 꼭 듣고 싶었는데 회사에서
자꾸 졸게 되니 아쉽지만 안 되겠다며, 나중에 꼭 저녁
수업을 해 달라고 말했다. 더 많은 사람이 수강하는 저
녁 수업은 자신이 없다고 대답했더니 회원은 아니라고
분명 잘 할 수 있을 거라고, 정 힘들면 자신이 맨 앞에
서 몰래 노트를 펼쳐 줄 수도 있다며 내 사기를 북돋았

다. 몇 달 후 그 회원이 이사를 하게 되어 더 이상 만날 수 없게 되었다.

그게 벌써 19년 전 일이다. 그 회원에게 나의 수업이 어땠을지 모르겠지만 나에게는 잊을 수 없는 기억으로 남아 있다. 그분은 나의 첫 요가 회원이자 나를 가르친 요가 선생님이었다.

매트 메고
떠날 수 있는 용기

발리 우붓에서 수련할 때의 일이다. 같은 게스트하우스에 머물던 미국인 친구와 함께 새벽 수련을 했다. 아침밥을 같이 먹고 그 친구는 바이크를 타고 놀러 나갔는데, 매트 가방을 메고 가던 나와 마주쳤다. 어디 가냐고 묻기에 오전 수련에 간다고 대답했다. 그는 "아!" 하는 탄식을 쏟더니 내게 즐겁게 수련하라고 인사를 남기며 떠났다. 점심에 다시 그와 마주치게 되었다. 그는 여전히 매트를 메고 있는 나에게 행선지를 물었다.

오후 수련 가는 길이라고 했다. 그는 놀랍다는 표정을 지었다.

"너는 새벽에 나랑 같이 수련했고 아까 오전 수련도 했잖아!"

이해할 수 없다는 듯 고개를 저으며 자신의 바이크를 몰고 또 놀러 갔다. 저녁에 게스트하우스로 들어오던 그 친구가 매트를 메고 나가는 내게 물었다. 이 저녁에 어디 가냐고. 저녁 수련을 하러 간다고 했더니 그는 소리쳤다.

"너 미쳤지!"

나만 겪은 일은 아니다. 15년 전만 해도 요가를 배우러 인도나 발리로 떠난 한국인들은 외국 친구에게 항상 이런 놀림을 받곤 했다. 그 당시 우린 참 여유가 없었다. 하지만 열심히 수련하고 공부했다. 그럴 수밖에 없기도 했다. 빠듯한 경비로 시간을 쪼개 떠나왔으니 뭐라도 하나 더 배우고 가야 했다. 홍콩 아시아 요가 컨퍼런스를 비롯해서 발리 스프릿 페스티벌, 하와이 원더러스트 페스티벌에 가도 우리는 열심히 수업만 들었다. 홍콩, 발리, 하와이인데 말이다. 그만큼 배움에 열정적이었고 새로운 것에 대한 목마름이 가득했다. 그래서인지 우리나라 선생님들은 수업을 참 잘한다. 해외에 나가 수업을 진행하거나 들어보면 우리나라 선생님들이 제일 잘 가르친다. 꼼꼼하고 열정적이며 정성이 있는 수업을 한다.

게다가 요즘 요가를 시작하는 선생님들은 우리보다 더 나은 환경에서 공부하게 되었다. 마음만 먹으면 실력 있는 선생님 밑에서 많은 자료와 잘 만들어진 교재로 어디서든 요가 공부를 할 수 있다. 요가 관련 서적이 넘치고 인터넷에는 보물단지 같은 동영상도 무궁무진하다. 게다가 똑똑하고 여유도 있다. 삶과 요가를 즐길 줄 알아서 보기가 참 좋다.

오랫동안 마음챙김 명상과 뇌과학의 지혜를 연구해 오며 지혜로운 요가 할아버지가 되기를 꿈꾸는 맹부 김인중은 내 오랜 친구이기도 하다. 그는 요가쿨라 꽃담에 비스듬히 누워 쉬는 걸 좋아하는데 그때마다 종종 이야기한다.

"우리는 참 운이 좋았어요. 우리가 요가를 좀 일찍 시작했기에 망정이지, 만약 지금 시작해서 저 젊은 친구들하고 같이 티칭을 한다면 우리는 어디다 명함도 못 내밀었을 거예요.”

그 말에 동감한다.

그런데 요가를 시작한 지 2~3년 된 선생님들이 슬럼프에 빠져 고민하는 모습을 종종 보게 된다. 그때에 선생님들은 내게 슬럼프를 어떻게 극복했냐고 물어본다. 요가원을 운영하면서 생기는 문제 때문에 고민스러웠던 적은 있었지만 슬럼프는 없었던 것 같다. 그럴 새도 없이 매년 해외로 나가 무언가를 배웠고 느끼고 생각했기 때문이 아닌가 싶다. 그래서 나는 슬럼프에 빠져 힘들어하는 선생님에게 항상 요가 여행을 추천한다. 알베르 카뮈의 ‘여행은 무엇보다 위대하고 엄격한 학문과도 같은 것이다.’라는 말과 함께. 파울로 코엘료가 한 말도 덧붙인다. ‘여행은 언제나 돈의 문제가 아니고 용기의 문제다.’

요가보다 더
중요한

나에게는 아들 혜성이와 딸 화현이가 있다. 이 아이들
은 엄마 배 속에 있을 때부터 임산부 요가를 통해 요가
와 함께했다. 그런데 혜성이와 화현이는 요가를 싫어
한다. 태어나면서부터 요가원에서 놀았고 요가 동작을
따라 했으며 어린이잡지 요가 모델도 했었다. 아쉬탕
가와 빈야사 요가의 오프닝 만트라를 '학교종이 땡땡
땡'만큼이나 자주 부르고, 요가원을 놀이터 삼아 뛰어
다녔다. 그런데 커가면서 요가를 싫어하기 시작한 것

이다. 이유야 간단했다. 요가를 하는 아빠는 새벽에 출근해서 자정이 넘어 집에 들어왔고 주말에도 각종 워크숍과 지도자 과정을 듣거나 하느라 자기들과 놀아주지를 못했으니까. 다른 아빠들은 아이들과 캠핑도 가고 여행도 가는데 말이다. 그래서 혜성이가 9살, 화현이가 7살 때 나는 홍콩으로의 가족 여행을 추진했다. 정확히 말하면 요가 여행을 가족과 함께 가는 계획이었지만!

이미 여러 번의 인도 요가 연수를 통해 요가의 본질이 무엇이고 전통적인 방법과 수련법들은 어떠한 것이 있는지에 대해 많이 배우고 깨달았다. 하지만 그것을 한국 요가 수업에 접목하는 데는 한계가 있었다. 인도 방식으로 수업을 진행한다면 아무도 요가원에 올 것 같지 않았다. 지금이야 체계적이고 수준 높은 자료, 훌륭한 한국 선생님이 많이 있고 특히 인터넷으로 찾아볼 수 있는 요가 동영상도 다양하지만, 그때만 해도 요가에 대한 나의 갈증을 시원하게 해결해 줄 만한 곳을 찾을 수 없었다. 선생님들이랑 스터디를 하거나 요가 정모에 참석해서 교류했지만, 어딘가 부족하고 답답했다. 그러던 중 '아시아 요가 컨퍼런스'가 홍콩에서 개최된다는 소식을 듣게 되었다. 유명한 요가 선생님들을 만나서 수업을 들어보고 싶었다. 새로운 요가 스타일을 경험할 기회가 생긴 것 같았다. 그러니 말해 무엇할까! 그 좋은 곳으로 가족 여행을 가기로 한 것이다.

아이들은 홍콩이 어디에 있는지도 몰랐지만 신나 했다. 엄마 아빠와 오랜 시간 함께 있다는 것만으로도 아이들은 즐거워 보였다. 출발 전 아내 정희와 나는 홍콩에서 3일 동안 수강할 수업 목록을 꼼꼼히 짜두었다. 아쉬탕가 요가의 데이비드 스웬슨(David Swenson)과 고빈다 카이(Govinda kai), 포레스트 요가의 애나 포레스트(Ana Forrest), 지바묵티 요가의 샤론 개넌(Sharon Gannon)과 데이비드 라이프(David Life), 시바레이 플로우 요가의 트위 메리건(Twee Merrigan), 세계적인 킬탄 뮤지션인 엠씨요기(MC yogi) 등 현존하는 가장 유명한 요가 선생님들이 오는 자리였으니 흥분을 감출 수 없었다. 우리는 오전 8시부터 오후 6시까지 듣고 싶은 수업을 함께 조정했는데, 한 명이 수업에 참석하면 남은 한 명이 아이들을 데리고 있기로 했다.

드디어 홍콩에 도착했다. 장시간의 비행과 습하고 더운 날씨에 지칠 법한데 아이들은 마냥 즐거워했다. 도착한 첫날, 나는 호텔 체크인을 하고 아시아 요가 컨퍼런스가 열리는 홍콩 컨벤션센터에서 등록 및 수업 스케줄을 잠깐 확인한 후 아이들과 여유로운 저녁을 보냈다. 다음 날에는 아침 일찍 컨벤션센터로 달려갔다. 모든 수업을 다 들어 보겠다는 목표를 세웠던 만큼 조금의 빈틈도 없이 빽빽한 스케줄표를 갖고 있었다.

그래도 가족과 함께 왔으니 여유를 가지고 즐겨야겠다는 생각이 들긴 했지만 어렵게 시간 내서 여기까지 왔다는 마음이 더 강했다. 나는 강의실로 힘차게 들어갔다. 행복했던 오전 수업을 마친 후 아이들을 만나 점심을 먹고 이제 정희가 오후 수업을 들을 차례였다. 그런데 수강 시간이 겹치는 것을 그제야 발견했다. 홍콩 오기 전에 꼼꼼하게 살폈는데 많은 수업이 거미줄처럼 얽혀 있어서 착오가 생긴 것이다. 지바묵티 요가의 샤론 선생과 데이비드 라이프 선생이 함께 진행하는 수업이었는데 꼭 듣고 싶었다. 아내도 마찬가지였다. 우리는 한참 고민하다가 홍콩에 함께 온 요가 선생에게 그 시간 동안만 아이들을 맡기기로 했다. 수업 시간이 다가왔다. 설레는 마음으로 아내와 함께 맨 앞자리로 가서 앉았다. 500명 가까운 사람들이 홀을 가득 메웠다. 샤론 선생과 데이비드 선생이 무대 위로 올라가자 곧 정적이 찾아왔고 수업이 시작되었다. 그때 문 밖에서 울음소리가 들려왔다. 엄마를 부르는 외침이 섞여 있었다. 모든 사람이 문 쪽을 쳐다보았다. 문이 살짝 열렸고 혜성이와 화현이가 우는 모습이 보였다. 멀리서 엉거주춤 서 있던 나와 눈이 마주치자 아이들의 울음소리는 더욱 커졌다. 나는 매트를 접고 재빨리 나가 아이들을 달랬다.

서럽게 아주 서럽게 울던 아이들에게 솜사탕을 사서 들려주었다. 바다가 보이는 컨벤션센터 창틀에 앉아 훌쩍이며 솜사탕을 먹는 아이들을 보면서 생각했다. 요가보다 더 중요한 게 있다는 걸. 다음 날 요가 수업을 모두 포기하고 소호거리와 침샤추이를 걸었다. 아이들 손을 꽉 잡고서. 빅토리아피크에서 아름다운 홍콩 야경을 구경했다.

이제 혜성이는 21살, 화현이는 19살이 되었다. 얼

마 전 아이들에게 홍콩 여행에 관해 이야기했다. 아이들은 전혀 기억나지 않는다는 듯 의아하게 나를 쳐다봤다.

요가쿨라 지도자 과정에는 엄마 손을 잡고 오는 아이들이 종종 있다. 아이를 맡길 곳이 없는 엄마들이 아이를 데리고 요가 교육에 오는 것이다. 그러다 보면 어느 날은 한 아이가 내 무릎에 앉아있고 또 한 아이는 두 팔로 내 목을 조이며 등에 매달려 있는 풍경이 펼쳐지기도 한다. 요즘은 소림이라는 아이가 프리야 빈야사 수련시간에 들어와서 수련장 안을 휘젓고 다닌다. 중국에서 온 엄설화 선생의 5살 아들인데, 소림사에서 태어나서 이름이 소림이다.

한참 집중하며 요가를 수련하다 말고 소림이를 큰 소리로 부르게 될 때가 있다. 업독자세(Urdhva Mukha Shvanasana)◆를 하고 있는 엄마의 등 위에서 소림이가 나를 쳐다본다. 그럼 나는 소림이에게 엄마를 괴롭히

◆ '얼굴을 위로 향하고 있는 개'를 뜻하는 자세이다. 앞으로 엎드린 채 손바닥으로 바닥을 밀며 상체를 위로 쭉 뻗어 올린다.

지 말라고 하는데 그러거나 말거나 소림이는 아랑곳하지 않고 배짱을 부린다. 그러면 그냥 웃을 수밖에 없다. 같이 수련하는 선생님들도 이해해주리라 생각한다. 소림이와 엄마가 함께 있는 것이 중요하다.

내가 가진 유연성

요가 강사 중에는 본업이 연기자인 분이 많은데, 오랜만에 친목 모임에 가면 연기를 해 보이라는 짓궂은 친구가 꼭 한두 명 있다고 한다. 아마 자신과는 다른 생활을 한다고 생각해서 신기한 마음에 하는 말일 텐데, 내게도 요가 한번 해보라고 하는 녀석들이 있다. 장난으로 한 말에 나 역시 장난삼아 한쪽 다리를 좌악 펼쳐 위로 올리는데, 그러면 친구 몇몇은 부러운 눈으로 나를 쳐다보곤 한다. 한두 명은 자기가 허리가 너무 아픈데 어떻게 하면 좋을지 내게 은밀하게 물어온다. 운동은커녕 걷는 것도 잘 안 하는 녀석들이 요가 동작을 가르쳐 달라고 한다. 녀석들의 나온 배를 어루만져 주며 아프면 병원에 가야지, 내가 의사냐고 말한다. 요가하면 뭐가 좋으냐고 묻는 친구도 있다. 목욕탕 가서 내 손으로 혼자 등을 밀 수 있다고 대답해 준다. 그러면 친구 몇몇은 내가 예전에는 그렇게 유연하지 않았다며 말끝을 흐린다.

그랬다. 예전에는 유연하지 않았다. 화물차 운전을 오래 하며 나쁜 자세로 장시간 앉아있다 보니 허리가 망가졌다. 1년에 몇 번은 너무 아파서 일어나지도 못하고 숨도 쉬기 힘들 지경이 되었다. 병원에서 척추관협착증(spinal stenosis) 진단을 받은 적도 있다. 그러던 허리가 요가를 하면서는 아픈 적이 없다. 아주 가벼운 요통은 한두 번 있었어도 척추관협착증이 문제를 일으키진 않는다. 나는 내 허리의 자연치유가 요가 덕분이라고 생각한다. 요가를 하면서 차츰 유연성이 좋아졌다.

나는 요가를 처음 시작했을 때부터 균형을 잡는 동작은 제법 했지만 유연성을 요구하는 동작은 전혀 하지

못했다. 그런 내게 협회 회장님이 개량한복을 입으라고
한 이유를 나중에 강의하면서 알게 되었다. 두 다리를
앞으로 뻗고 숙이는 전굴자세(Paschimottanasana)를
할 때, 다리가 안 펴지고 엉성하게 구부러져 있어도 헐
렁한 한복바지 때문에 다리가 쫙 펴진 것처럼 곧게 보
인다. 백조처럼 물 위 모습은 우아해도 물속에서 요란
하게 발을 움직이는 것과 마찬가지였다. 하지만 선생
님으로서 어느 정도 동작을 보여줘야 해서 아사나 연
습을 게을리할 수 없었다.

유연성은 시간이 말해준다. 열심히 하다 보면 보상
받는 게 유연성이다. 그래도 오래 걸리는 아사나가 있
고 이번 생에는 안 되는 아사나도 있다. 우리나라 사람
들은 몸통이 팔다리보다 긴 편이다. 상대적으로 인도
사람들은 우리보다 팔다리가 길다. 긴 팔다리를 이용
해 아사나 동작을 조금 쉽게 한다.

예전에 맹부 김인중 선생은 아침마다 아쉬탕가 수
련을 했다. 계획을 세우고 100일 동안 여러 번, 어쩌면
1000일 동안 했을지도 모른다. 그런데 두 다리를 목에
걸고 앞으로 숙여서 두 팔을 등 뒤로 보내 손목을 잡는

'잠자는거북이자세(Supta Kurmasana)'가 좀처럼 되지 않았다. 당연한 일이다. 팔다리가 짧고 근육이 많은 그에게는 어려운 동작이다. 그런데 그는 늘 잠자는거북이자세를 시도했다. 한쪽 다리만 목에 걸고 다른 다리는 머리 가까이에 붙이려고 애를 쓰면서. 내가 이번 생에는 힘들겠다고 하면 그는 안 되면 말겠다고 시원하게 말하고 또 열심히 다리를 목에 걸어 보려고 노력한다. 거북이 아사나는 안 돼도 마음의 아사나는 유연한 사람이다. 분명한 건 그도 나도 어쩔 수 없이 대표적인 한국 사람 체형이라는 점이다.

2004년 봄 인도 마디아프라데시주의 주도인 보팔에서 세계 요가 대회가 열린 적이 있었다. 대한요가협회가 행사에 초대받아서, 협회장과 지부장을 비롯해서 선생님 여럿과 함께 가게 되었다. 국제 요가 대회라고 해서 궁금했는데 카이발리아다다마(Kaivalyadhama)대학에서 주최하는 행사였고 요가 대학을 비롯한 지역을 대표하는 요가 센터와 아쉬람 등에서 자신들이 연구하고 실험했던 요가 수련 방법과 결과에 대한 논문을 발표하는 자리였다. 3일 동안 열린 행사에는 인도 사람들뿐만 아니라 해외에서 온 많은 사람이 참석했다. 요가에 대한 흥미로운 사안을 놓고 열띤 토론을 벌이는 강의실도 있었고 차크라를 비롯한 쿤달리니 논문을 발표하는 강의실도 많았다.

강의실마다 여러 사람이 질문하고 대답하는 방식으로 진행되었지만 주로 힌디어를, 가끔 영어를 사용하는 사람들 틈에서 나는 두 눈만 깜박거리며 앉아 있을 수밖에 없었다. 일행은 하나둘 강의실을 나와 메인 강당으로 모였다.

개회식과 환영 행사가 끝나고 인도 학생들이 아사나 시범을 보이는 시간이 왔다. 그동안 기본적인 아사나 동작만 보던 나는 인도 학생들의 서커스에 가까운 현란한 아사나 동작을 보고는 입을 다물지 못했다.

얼마 후 주최 측 사람이 우리 일행에게 다가왔다. 인도 지역 신문사와 방송국에서 요가 대회를 취재하고 있는데 한국 선생님들의 아사나 사진을 찍고 싶다는 것이다. 여자 선생님 몇 분이 흔쾌히 무대로 올라갔다. 그 기자는 남자 선생님들도 같이 올라가면 사진이 더 잘 나올 거라고 독려했다. 그래서 나도 덩달아 무대에 올라갔다. 요가한 지 1년도 안 된 초보 강사가 할 수 있는 동작은 나무자세(Vrksasana)뿐이었는데, 이런저런 자세를 취하다 결국 무대 한가운데에서 두 다리를 옆으로 쫙 벌리고 앉게 되었다. 두 다리를 양옆으로 벌리고 양손으로 발날을 잡고 숙이는, 위에서 보면 박쥐가 날개를 펴고 있는 듯해서 박쥐자세(Upavistha Konasana)라고 부르는 바로 그 아사나를 한 것이다. 전부터 이 자세를 해보는 로망이 있었지만 내 굳은 몸으로는 절반도 바닥을 향하지 못했었다. 그런데 앞에 신문기자와 방송국 카메라가 있지 않은가! 특히 아사나 시범을 보여준 인도 학생들이 흥미롭다는 표정으로 우리 일행을 바라보고 있었다. 적어도 그 시간 나는 대한민국을 대표하는 사람이었다. 나도 모르게 완벽한 박쥐자세를 만들고 고개를 들어 카메라를 응시하며 미소까지 지었다.

다음 날 지방신문에는 얼굴도 잘 안 나온 작은 사진이 실려 있었다. 다리를 절뚝거리며 그걸 보니 후회가 밀려왔다. 그 후로 시퍼렇게 멍든 허벅지 안쪽 근육 때문에 4개월 넘게 고생을 했다.

아사나는 천천히 그리고 부드럽게, 누군가를 위해

서가 아니라 나 자신과 대화하듯 오랜 시간 했을 때 유
연성이 따라온다. 그 과정을 통해 마음도 유연해진다.

2장

만 나 고

나 누 고

쩌난과 페이

쩌난은 빈야사를 가르친다고 했다. 나와 같은 빈야사라니 반가워서 누구한테 배웠는지, 어떤 스타일의 빈야사를 가르치는지 더 물어보았다. 그는 한참 뜸을 들이다가 머뭇머뭇 대답했는데, 나한테 프리야 빈야사를 배웠다는 것이다. 당황스러웠다. 나는 지금 쩌난을 처음 봤는데 이게 무슨 말인가! 옆에서 통역을 해주던 홍이 선생한테 물어봤더니 쩌난이 2014년 상해 국제 요가 컨퍼런스에서 내 수업을 들었다고 한다. 그때 나는 이틀 동안 두 시간씩 두 번 수업을 진행했는데, 쩌난은 그때 나한테 처음 요가를 배워서 지금까지 수업을 하고 있다고 했다. 나도 모르게 '아' 하는 감탄사가 나왔다. 놀랍고 동시에 이해가 되기도 했다. 내 상식으로는 도저히 가능하지 않은 일들이 중국 문화에서는 종종 일어나는 걸 봐온 터여서일까. 아무튼 쩌난의 말이 이해가 됐다.

쩌난은 요가를 더 공부하고 싶어서 같이 동업하는 여자친구 페이를 졸라 사오싱으로 나를 초대했다. 일주일간의 빈야사 워크숍은 새벽에 시작해서 밤늦게 끝이 났다. 쩌난은 내 모든 수업을 다 듣고 저녁에는 자신의 수업까지 하는 것 같았다. 그 와중에 짬을 내서 내게 사오싱 관광까지 시켜주려 했고 맛있는 음식을 먹이려고 부단히 노력했다. 어느덧 일주일의 워크숍이 끝났다.

그다음 해에 쩌난은 아예 한국에 찾아와 한 달 동안 요가 공부에 매진했다. 공식 지도자 과정도 이수했다. 말도 통하지 않고 음식도 맞지 않는 곳에서 혼자 요가 공부를 했고, 공식적으로 프리야 빈야사 요가를 가르치는 프로 선생님으로 손색이 없는 실력을 갖추게 되었다.

그 후로도 쩌난은 매년 나를 초대해서 요가 워크숍을 열었다. 나를 극진하게 대접하며 선생으로 모시고, 매해 초심을 지키며 요가 공부를 심도 깊게 계속하고 있다. 그러는 동안 쩌난과 페이는 결혼을 했고 둘의 동업은 더 견고해졌으며 요가원은 하나둘 늘어나기 시작했다.

열정적으로 공부하는 사람에게 일도 더 많이 따라왔다. 내가 수업을 하러 사오싱에 가더라도 가는 날과 오는 날만 쩌난의 얼굴을 제대로 볼 수 있거나 밥 먹을 때만 잠깐 볼 수 있을 정도로 쩌난은 바빴다. 그때마저 쩌난은 허겁지겁 음식을 먹어야 했고 식사가 끝나면 곧장 여기저기 요가원으로 수업을 하러 가야만 했다. 열정이란 고된 것이로구나, 라고 이야기해주고 싶었지만 그 말조차 들을 시간이 없어 보였다.

쩌난과 페이를 처음 만났을 때 그들이 운영하는 요가원 규모는 700평이었다. 70평도 아니고 700평! 거기에는 큰 요가룸이 2개, 필라테스룸과 개인레슨룸이 여러 개, 마사지 치료실이 구비되어 있었다. 요가원 현관에는 거북이와 물고기를 키우는 작은 연못과 휴식공간과 차 마시는 곳이 있었다. 700평이나 되는 요가원을 어떻게 유지하는지 그것도 놀라운데, 쩌난과 페이는 사오싱 곳곳에 크고 작은 요가원을 새로 더 열었다.

어느 날 그들은 사오싱에서 가장 번화한, 과쭈호 호수가 한눈에 내려다보이는 40층에 새로 요가원을 개점했다며 나를 워크숍에 초대했다. 새 요가원은 500평 규모였는데, 첫 요가원이 약간 고풍스러웠다면 이곳은 고급스러웠으며 모든 면에서 깨끗하고 깔끔했다.

워크숍을 마친 어느 무더운 여름밤 과쭈호 야경을 바라보면서 차를 마시는데, 페이가 한숨을 쉬며 내게 말을 걸었다. 페이는 다음 달에 규모가 더 큰 요가원을 낸다고 했다. 순간 삐쩍 말라가는 쩌난의 얼굴이 떠오르며 속으로 '또'라는 말이 목구멍까지 넘어왔지만 가만히 보이차만 마셨다. 새로 여는 요가원은 1,000평 정도 되는데 요즘 너무 힘들다며 하소연을 했다. 그러면서 어떻게 하면 요가원 운영과 회원 관리를 잘 할 수 있는지 물어 왔다. 아, 하는 소리가 나도 모르게 나왔다.

페이는 지금 내게 요가원 운영과 관리에 대해서 물어보고 있는 것이다. 사오싱에만 평균 500평이 넘는 요가원 6곳과 마케팅팀, 거리에서 홍보를 하는 홍보팀 등 수많은 스태프와 직원을 고용한 페이가, 40평 정도 되는 작은 요가원에 회원도 별로 없어서 그날그날 소소하게 수업을 진행하며 어렵게 운영하는 요가원 원장에게 노하우에 대해서 물어보고 있었다.

나를 놀리는 건가? 서울에 와서 우리 요가원도 둘러보고 갔던 페이가 지금 나를 놀리는 게 분명하다고 생각했다. 그렇지만 나는 페이에게 사람을 진실하게 대하며 훌륭한 수업을 한다면 분명 소문이 나서 지금보다 사람이 더 많이 올 거고, 직원과 스태프가 자기 요가원처럼 생각할 수 있게 역할을 주면 기쁘게 일할 거라고 조심스럽게 말해주었다.

어제 갑자기 중국에서 커다란 소포가 왔다. 쩌난과 페이가 보낸 건데 안에는 해바라기씨가 종류별로 가득 담겨 있었다. 요즘 코로나19바이러스 때문에 중국 등 다른 해외 스케줄이 다 취소되어서 그렇게 좋아하는 해바라기씨를 못 먹을까 봐 보내준 거라고 연락이 왔다. 배보다 배꼽이 더 크다고 해바라기씨보다 항공으로 보내는 비용이 훨씬 더 비쌀 텐데, 라는 생각이 들었다. 페이와 쩌난, 두 사람의 사랑을 느끼며 40평이지만 마당이 있는 '요가쿨라' 꽃담에서 해바라기씨를 까먹었다.

마음이
움직이는 이유

민정 선생은 요가쿨라에서 13년째 요가를 가르치고 있다. 처음 요가쿨라에 왔을 땐 회사에 다니면서 일반회원으로 요가를 배웠는데, 어느 날 요가 지도자 과정을 신청했다. 회사생활을 하면서 받은 스트레스를 해소하고 다이어트를 하려는 목적으로 요가 수업을 들었는데 어떤 강한 이끌림이 있었나 보다. 요가 지도자 과정은 일반적으로 200시간을 공부하고 수련하는데 민정 선생은 정말 열심히 했다. 사귀던 남자친구를 만날 시간이 없을 만큼 요가 공부에 매진했고, 그게 계기였던 건지 결국 지도자 과정이 끝나기도 전에 그 남자친구와 헤어졌다. 그 전부터 둘 사이가 어느 정도 소원해지기도 했으니, 꼭 지도자 과정 때문은 아니었을 것이다. 어쨌든 민정 선생은 열정적으로 지도자 과정을 마쳤고 바로 요가를 가르칠 수 있을 실력이 됐다.

민정 선생에게 요가를 배운 회원들은 종종 선생에게 소개팅을 권했지만, 어쩐 일인지 민정 선생은 모두 거절했다. 요가 이외에는 관심이 없는 사람처럼 굴던 민정 선생은 어느 날 동료 선생이 주선한 소개팅에 마지못해 나가는 눈치였다.

주말이 지나고 월요일 아침, 민정 선생이 평상시와 달라 보였다. 밝은 표정에 가벼운 발걸음으로 콧노래까지 부르는 것이다. 옅은 미소를 띠며 어떤 전화를 받았는데, 소개팅한 남자가 분명했다. 아무리 요가가 좋아도 회원 상담 전화를 그렇게 받을 리는 없었다. 한 사람의 밝음이 옆 사람에게 전해져서 긍정적인 에너지를 전파했다. 민정 선생의 밝은 에너지 덕분에 요가원 사람들이 밝아졌고, 주중 내내 온 요가원이 밝았다.

다시 주말이 왔다. 모두의 예상처럼 민정 선생이 소개팅 남자를 만나기로 했다는 소식이 요가원에 퍼졌다. 요가원 사람들의 관심이 그 만남에 집중되었다. 주말이 지나고 월요일 아침, 민정 선생은 《요가수트라》에서 말하는 초능력이 생긴 거 같았다. 출근하는 발걸음이 너무 가벼워 붕 떠서 오는 거 같았는데, 소위 말하는 공중부양을 하는 듯했다. 발이 땅에 안 닿은 듯 걸어오는 모습이 물처럼 흐르는 것 같았다. 요가 수련은 집중에서부터 시작되니 꼭 아사나가 아니어도 호감이 가는 상대에게 집중하면 저런 초능력이 생길 수 있구나, 감탄하던 순간이었다. 우리는 그 발걸음 하나만 보고 민정 선생의 행복한 주말을 알게 되었고 시작되는 연인을 축복했다.

며칠 후 민정 선생은 점심시간에 홍대 유명 사주카페에 가서 연인과의 궁합을 보겠다고 말했다. 민정 선생과 몇 명의 선생님이 우르르 다 같이 점을 보러 나갔다. 나는 나즈막하게 가라앉은 구름을 구경하며 신선한 공기와 짜이 한잔을 마시고 있었다. 얼마 지나지 않아 민정 선생이 걸어오는 모습이 보였다. 그런데 공중부양을 하면서 들어왔던 가벼움은 사라지고, 땅속으로 꺼질 듯이 다리를 질질 끌며 들어오고 있었다. 공기가 무거웠다. 한 사람의 무거운 에너지가 곧바로 주변에 전해졌다. 이야기는 이랬다. 찾아간 점집에서 한참 사주를 봐주던 분이, 이제 막 서로 알아가는 민정 선생의 남자친구가 엄청난 바람둥이라서 둘은 3개월 안에 헤어질 거고 만약 결혼을 한다면 금방 이혼을 하게 될 거라고 했단다.

궁합은 물론이고 타로점도 한번 본 적 없는 나로서는 요즘은 돈을 받고 저렇게 말해주는구나, 하고 신기해했다. 어쨌든 그 남자가 어마어마한 바람둥이라는 말이었다. 이 말을 듣고 주변에 있던 선생님들이 민정 선생을 위로해주었다. 이런저런 위로의 말들이 나왔지만 그중에는, 그럴 줄 알았다며 그 소개팅 남자 딱 봐도 바람둥이처럼 생겼다는 얘기도 들렸다. SNS에서 사진만 봤거나 아직 한 번 만나 본 적도 없고 대화를 해본 적도 없을 텐데, "그럴 줄 알았다."는 몇몇 선생님의 성급한 위로는 여러 생각이 들게 만들었다. 그러던 중에 민정 선생의 핸드폰이 울렸다. 고민하던 민정 선생은 조심스레 전화를 받았다. 가라앉은 목소리로 한참 통화를 하던 민정 선생이 전화를 끊고서 다시 선생님들이 모인 곳으로 왔다. 그 바람둥이 남자친구와 어떻게 되었을까?

다음 날 아침 민정 선생은 다시 공중부양을 하면서 요가원으로 출근을 했다. 전날 남자친구는 민정 선생에게 이렇게 이야기했다고 한다. 퇴근 후에 다른 점집을 가보라고.

마음은 언제나 움직인다. 그 움직임을 자세히 들여다보면 대체로 외부자극 때문이다. 우리 마음은 약해서 시간마다 무언가에 자극을 받고 그러면 곧 쉽게 흔들린다. 내가 보거나 듣거나 만지거나 냄새 맡거나 맛보는 오감에 의해서 마음은 요동치듯 움직인다.

민정 선생의 남자친구는 아무것도 하지 않았다. 아니 어쩌면 새로 시작하는 연인으로서 민정 선생에게 최선을 다해 무언가 해줬을지도 모르겠다. 하지만 다음 날 누군가의 말 한마디에 둘도 없는 바람둥이가 되고 말았다.

민정 선생은 물론 우리의 마음도 어느 순간 공중부

양을 했다가 바로 잠수함처럼 가라앉아 버리기도 한다. 하루에도 열두 번씩 슬퍼하고 분노하고 괴로워하고 즐거워하다가 다시 행복해하기도 한다.

마음이 어떻게 우리의 감정을 가지고 노는지 알면 나를 볼 수 있는 혜안을 가지게 된다. 마음에 휘둘리지 않는 오롯한 나를 찬찬히 바라볼 수가 있다. 만약 누군가가 나를 건드린다면 가만히 내 안에서 생각이 일어나는 것을 알아차려 보고 그 생각이 감정이 되는 것을 지켜봐야 한다. 그 감정이 마음을 만들어 내는 것도 지켜볼 수 있다. 그러면 감정과 마음이 진정한 내가 아니라 생각이 만든 것임을 알 수 있다. 생각은 내가 아니다. 만들어진 상상이다. 그 상상이 나를 움직인다면 우리는 항상 상상이 '나'라고 착각하며 살아갈 것이다. 그럼 다시 슬퍼하고 괴로워하고 분노하다가 다시 즐거워하고 행복해한다. 그걸 알아차릴 수 있도록 노력하는 것이 우리가 요가 수련을 하는 이유이다.

P.S. 민정 선생과 그 남자친구는 결혼해서 현재 예쁜 딸을 낳고 오손도손 행복하게 살고 있다.

어떤 편견

지미 유타나 선생은 대머리에 배 나온 태국 아저씨였다. 나는 선생이 요가를 배우러 온 수강생인 줄 알았다. 그런데 선생은 태국 요가 아트 페스티벌에서 나와 같은 시간대에 수업을 하고 있었고, 강연장은 선생의 강의를 듣기 위해 몰려든 참가자로 가득했다. 바로 옆 강의실에서 내가 운영했던 프리야 빈야사 요가 수업에는 겨우 십여 명이 참여했는데 말이다. 그마저도 지미 유타나 선생의 수업이 마감돼서, 자리가 넉넉하다 못해 텅 빈

내 수업에 들어오게 된 사람들이었다. 나는 위축된 마음으로, 동시에 약간 의심하는 눈초리로 유타나 선생을 바라보면서 속으로 생각했다. '태국 요가 페스티벌에서 프리야 빈야사 요가 수업은 처음이고, 태국 사람 수업에 태국 사람들이 많이 가는 건 당연한 거지. 내 강의는 영어통역 수업이라 태국 사람들은 어차피 알아듣기 어려울 거라고 생각했을 거야.' 나중에 알았지만, 태국 사람보다 중국 사람이 더 많았다고 한다.

궁금증이 일었다. 지미 유타나 선생은 무얼 가르치는 분일까? 그날 저녁 강사 디너파티에서 지미 유타나 선생과 같은 테이블에 앉게 된 건 우연이었다. 선생은 먼저 내게 인사를 건네며 호탕하게 자신을 소개했다. 태국 마사지 수업을 하고 있으며 자신만의 요가 스타일을 만들어서 가르치고 있다고 말이다. 주거니 받거니 이야기를 하다가 선생은 SNS 친구를 하자며 핸드폰을 꺼내 자신의 페이스북을 보여주었다. 듣도 보도 못한 어마어마한 아사나를 취하고 있는 젊은 시절의 선생이 보였다. 현재 모습과 사뭇 다른 그의 요가 사진을 보면서 물었다.

"이 사진이 정말 당신인가요?"

입꼬리가 살짝 올라간 선생은 이렇게 이야기했다.

"응. 저거 내가 젊었을 때 사진인데 못하는 자세가 없었지. 정말 잘했어. 하하, 근데 지금은 못 해! 못하기도 하지만 안 해. 힘들어. 안 하니 편해. 그래서 안 해. 하하하!"

그러면서 그는 예전의 지미 유타나가 아닌 현재 자신의 마사지 철학을 열띤 목소리로 이야기하며 대화를 주도했다.

힘든 걸 하지 않으면서도 자신만의 요가와 마사지를 실현해가고 있는 유타나 선생의 경지를 보면서 나는 존경스러운 마음이 일렁이는 걸 부정할 수 없었다.

첫인상이 남달랐던 사람을 또 한 명 꼽는다면 수타닌 바냐트피야포(Suthanin Banyatpiyaphoj) 선생이 있다. 선생을 처음 만난 건 2017년 코리아 요가 컨퍼런스에서였다. 태국 최고의 마사지 고수라는 명성을 들은 바가 있고, 또 미리 사진을 통해서도 얼굴을 본 적이 있었다. 그런데 공항에서 처음 만난 수타닌 선생의 모습은 내가 어렴풋이 가졌던 인상과 많이 달랐다. 잇몸을 드러내며 활짝 웃는 모습이나 이야기를 할 때 손을 약간 들어 올려 자꾸 허공을 휘젓는 몸짓이 어딘지 낯설고 가벼운 인상을 주었다. 내겐 선생의 그런 모습이 전문가처럼 보이지 않았다. 태국 최고의 마사지 선생님은 고사하고 '마사지를 할 수 있기는 할까?' 하는 의문이 들었달까.

그러던 중 컨퍼런스가 열렸다. 부스를 설치하고 여러 준비를 하느라 벌써 지쳐 있던 첫날 오전, 수타닌 선생이 내게 마사지 한번 받아 보지 않겠냐는 제안을 했다. 선생이 미덥지 않았지만, 여러 사람의 권유에 못 이겨 마사지를 받기 시작했는데 '아!' 그 순간 선생에 대한 의심이 신뢰와 경외감으로 바뀌고 말았다. 선생의 터치는 치료에 가까웠다. 놀라운 경험이었다. 여태껏 그때 선생에게 받았던 마사지의 감동을 잊을 수가 없다.

컨퍼런스 중에 들었던 수타닌 선생의 타이 마사지 수업도 강렬했다. 태국의 민간요법과 마사지를 결합해 재미와 깊이가 뛰어났다. 그만의 매력이 가득했고 참가자 모두 만족할 만한 시간이었다.

공교롭게도 태국 태생인 두 선생을 만나고 나서 나는 내 안의 편견을 마주하고 인정해야 했다. 나는 나도 모르게 마음속에 자리 잡은 편견과 함께 살고 있다. 의식하고 있든 의식하고 있지 않든 자라 온 환경과 배경이 키운 편견이다. 무의식적으로 나오는 모든 편견은 오랜 시간에 걸쳐 만들어졌다.

하지만 차츰 알아가고 있다. 인상에 대한 편견, 나라에 대한 편견에 사로잡혀 바라봤던 태국과 인도네시아, 중국과 말레이시아, 베트남의 요가 선생님이 얼마나 훌륭하고 깊이 있고 그 자체로 멋있는지를.

하는 것이 하지 않는 것보다
훨씬 낫다

위대한 영혼 마하트마 간디가 항상 곁에 두고 읽던 책
이 《바가바드기타》였다. 어디를 가든 간디는 이 책을
손에서 놓지 않았으며 늘 읽고 묵상했다. 또 간디는 글
을 몰라서 읽지 못하는 가난한 사람들에게 이 책의 내
용을 자주 설명해주었는데, 이 책은 역사서나 철학서
가 아니다. 사촌 간의 왕위쟁탈전을 다루고 있지만 본
래 내용은 우리 안에 있는 두 본성, 선과 악 사이에 벌
어지는 마음의 전쟁을 다뤘다고 알려주었다. 우리가 어

떻게 살아야 하는지에 대한 질문을 던져준다는 뜻이리라. 간디는 특히 《바가바드기타》 2장의 마지막 19절을 가장 중요한 구절이라고 설명하며 많은 이에게 전했다.

나도 일 년에 두 번은 꼭 《바가바드기타》를 읽는다. 평상시에 자주 읽기도 하지만, 요가쿨라의 지도자 과정 교재이기도 해서 의무적으로 읽어야 하는 책이기도 하다. 《바가바드기타》에는 좋은 문장이 너무 많다. 간디가 가장 좋아했던 2장 마지막 19절은 붉은 펜으로 몇 번씩 밑줄을 치곤 한다. 내가 가장 좋아하는 문장은 3장 8절에서 9절까지이다.

그러므로 그대의 의무를 수행하도록 하라. 행위를 하는 것이 하지 않는 것보다 훨씬 낫다.
아무것도 하지 않으면 그대는 그대의 육신조차 지탱할 수 없을 것이다. 신께 바치는 제사 외에 세상 사람들이 하는 모든 행위는 욕망의 굴레에 얽매여 있다. 그대는 어떤 결과를 기대하는 이기적인 욕망이 없는 행위를 하도록 하라. 모든 행위를 신께 제물로 바치듯이 아무런 대가를 바라지 말고 행하라.

《바가바드기타》를 처음 읽었을 때부터 지금까지 생활신조로 삼고 싶어서 마음속에 깊이 새기고 있는 문장이다. 이 문장은 내가 약해지려 할 때마다 강력한 추진력을 가지게 해준다.

M. 차야다(Martjaroen Chayada)를 처음 만난 건 2015년 발리에서였다. 그때 차야다는 태국 요가 저널 발행인 자격으로 발리 스피릿 페스티벌 행사에 참석하러 왔고 태국 요가 아트 & 댄스 페스티벌의 주최자이기도 했다. 차야다는 몇 가지 특징이 있는데 일단 쉬지 않고 말하는 특기를 지녔다. 같이 어울리는 동안 차야다가 말하지 않는 순간을 본 적이 거의 없다. 또 굉장히 유쾌해서 함께 있으면 깔깔거리는 웃음이 끊이지 않는다. 그리고 어떨 때는 고개를 갸웃하게 하는 엉뚱한 행동과 일을 벌이기도 하는데, 그중 하나가 시바상을 세운 일이다.

한번은 차야다와 식사를 하면서 인도 리시케시 소식을 나눴다. 리시케시 지역에 홍수가 나서 파르마르트 니케탄(Parmarth Niketan) 앞에 있는 시바상이 떠내려가는 모습을 한국에서 TV 뉴스로 봤다고 말이다. 리시케시는 차야다와 내게 애정이 깊은 곳이어서 갠지스 강의 상징 같은 시바상이 떠내려가는 걸 뉴스에서 볼 때 깜짝 놀란 내 마음을 차야다도 깊이 공감해주리라 생각했다.

그런데 차야다는 대수롭지 않다는 듯이 포크로 빵을 찌르며 그 시바상이 방콕의 자기 요가원 앞에 있다고 하는 것이다. '이게 무슨 말이지, 농담인가?' 하며 눈을 동그랗게 뜨고 쳐다보았더니 차야다는 천천히 자신의 핸드폰에 있는 사진을 보여줬다. 아파트 숲 사이에 위치한 빌딩 앞에 커다란 시바상이 딱 버티고 있는 사진이었다. 입이 절로 벌어졌다. 눈을 비비고 다시 한 번 사진을 보았다. 정말로 리시케시 갠지스강 앞에 있던 집채만 한 시바상이 방콕의 빌딩 앞에 서 있었다. 어쩌면 그보다 클지도 모르겠지만, 분명 리시케시 갠지스강의 시바상이 맞았다. 아니 어째서 이 시바상이 차야다의 요가원 앞에 있냐고 하자 차야다는 이렇게 말했다. 예전에 리시케시에 갔을 때 갠지스강 시바상 앞에서 하는 뿌자가 감동적이었고 시바상이 정말 잘 생겨서 이걸 만든 사람을 수소문했다고. 오랫동안 설득한 끝에 그 사람을 직접 태국에 데리고 왔으며 똑같이 생긴 시바상을 만들어 달라고 해서 지금의 요가원 앞에 있는 거라고 말이다. 그 말이 너무 어이없어서 한참을 멍하니 쳐다보았는데, 그다음 해에 태국 요가 컨퍼런스 참석차 차야다의 요가 스튜디오 앞을 지나갈 때 당당하게 한 자리를 차지하고 있는 커다란 시바상을 직접 눈으로 보았다. 비록 갠지스강 위는 아니지만 아파트와 빌딩 숲 사이에 잘 생긴 시바상은 묘하게 너무나 주변과 잘 어울렸던 기억이 난다.

이런 놀라운 일화가 아니더라도 차야다의 추진력은 대단하다. 일단 하고 보자는 식인 건가, 하는 의문이 들 정도로 모든 일에 적극적이고 어쩌면 무모한 도전이 아닌가, 하는 의구심도 가끔 들게 할 만큼 차야다는 일을 저질러 버린다. 그러다 보니 차야다에게는 힘든 일도 많고 여러 가지로 어려운 일에 계속 부딪히고 손해 보는 일도 자주 있다.

어쨌든 차야다는 지금 태국 요가 아트 & 댄스 페스티벌을 방콕, 끄라비, 치앙마이에서 진행하고 있고 2020년에는 푸켓에서도 진행할 예정이라고 들었다.

한 해에 이렇게 많은 행사와 그 밖에 크고 작은 워크숍과 지도자 과정을 진행하는 모습을 보면, 차야다는 태어날 때부터 요가에 대한 어떤 사명을 가지고 온 건가 싶다.

확실한 건 태국의 한 여성한테서 나오는 에너지는 금방 주변 사람들에게 전파되었다는 점이다. 물론 나도 그 에너지를 이어받았다. 차야다라는 한 사람의 영향으로 베트남과 말레이시아의 요가 컨퍼런스가 열리는 계기가 되었고 차야다의 활동과 시도는 인도네시아, 일본 그리고 미국과 독일에서 요가를 하는 사람들과 요가 리더들에게 많은 아이디어와 영감을 주고 있다. 또한 사람과 사람을 연결하는 보이지 않는 커뮤니티가 차야다를 통해서 형성되고 있다. 그만큼 차야다는 각 나라들을 다니며 본인의 컨퍼런스와 행사를 홍보하면서 요가 리더들과 도움을 주고받고 아시아와 유럽, 미국에까지 영향력을 주고받고 있다.

'무엇인가를 하는 것이 하지 않는 것보다 훨씬 낫다.'라는 말은 나에게 진리이다. 그 진리를 차야다를 통해 배웠다. 아무것도 하지 않는다면 정말 아무 일도 일어나지 않고 평온할지도 모른다. 하지만 아무 일도 일어나지 않는 것이 평화는 아니다. 우리는 자신의 다르마◆를 실천해야 한다. 그 속에서 평정심과 평화를 찾는 게 우리의 사명이 아닐까.

◆ 인도 베다 시대 때부터 힌두교, 불교, 자이나교에서 중요한 개념이다. 통상적으로 우주의 법칙, 그 자체를 이야기하지만 이 책에서의 다르마는 개인이 행동할 의무를 말한다.

처음 만나는
인도

처음 인도에 갔을 때의 일이다. 자욱하던 안개가 사실은 스모그라는 말에 황급히 손으로 입과 코를 막았지만, 1분도 안 돼서 자포자기한 심정으로 모든 먼지를 들이마시기로 했다. 한 손으로 입과 코를 막은 채 캐리어와 매트, 가방을 들고 일행을 따라가는 것은 불가능했기 때문이다.

2003년 겨울 나는 인도 뭄바이의 차트라파티시바지마하라지 국제공항에 도착했다. 당시 그곳은 우리나라 시골의 시외버스터미널보다 더 낡고 번잡스러웠다. 난 뭐가 그리 좋았는지 밝은 표정으로 호기심을 억누르지 못하고 두리번거렸다. 신선한 공기와 나무 사이에서 불어오는 바람을 느끼며 요가를 할 거라는 예상과 다르게 도착하자마자 먼지 냄새와 눈을 따갑게 하는 스모그에 휩싸였지만 자꾸 싱글벙글 웃음이 났다.

공항 문을 나서자 붉은빛과 주홍빛 옷을 입은 사두라고 믿고 싶은 거지들이 주차장까지 길게 줄지어 앉아 있었다. 인도에서라면 흔하게 볼 수 있을 것 같았던 소가 보이지 않아서 아쉬웠지만, 늘 상상으로만 보았던 인도가 눈앞에 펼쳐져 있었다.

가로등도 하나 없이 깜깜한 뭄바이 시내를 통과해 호텔로 향했다. 그대로 어디로 끌려가도 아무도 모를 정도로 깜깜했지만, 나는 들떠서 무서울 틈이 없었고 내내 가슴이 뛰었다.

자정이 다 되어 호텔 앞에 도착했다. 주변엔 아무것도 보이지 않았다. 호텔 조명만 희미하게 깜박거렸다. 호텔 직원이 우리 일행에게 열악한 방이 하나 있다고 했다. 일행 중 남자인 택권이와 내가 그 방을 쓰겠다고 지원했다. 방문을 열고 보니 천장이 없었다. 대신 파란 천막이 지붕 역할을 하려는 듯 덮여 있었다. 그나마도 한쪽 모퉁이에 크고 작은 구멍들이 나 있었는데 그 사이로 밤하늘의 별이 보였다.

인도에서는 건물을 지을 때 벽돌을 사서 한 층씩 올리는데 마침 우리가 묵는 맨 꼭대기 층은 벽만 세우고 벽돌이 떨어졌다고 한다. 그래서 돈을 더 모아서 벽돌을 살 때까지 공사를 멈추고 있었는데 성수기에 객실이 부족해 어쩔 수 없이 창문을 달고 침대 등을 들여놓은 다음 지붕은 천막으로 막은 것이다.

방에 들어선 나는 인도인보다 더 쿨한 사람이 되어 직원에게 'No Problem.'이라고 허세를 떨었다. 어쨌든 첫날부터 밤하늘의 별을 보며 잠들 수 있게 됐으니까. '나는 지금 간디의 나라에 와 있는 것인데, 먼지쯤이야!' 하며 낭만과 허세 사이에서 잠을 청했다.

유리창 사이로 들어오는 햇살에 눈이 떠졌다. 천장은 없는데 유리창은 있었다. 전날 밤에는 어두워서 아무것도 보이지 않던 주변 풍경이 눈에 들어오기 시작했다. 호텔은 언덕 위에 있었고 앞에 풀숲이 우거진 공터가 있었다. 그리고 그 끝에 한없이 이어지는 슬럼(slum)가가 보였다. 뭄바이 슬럼가는 세계적으로 가장 큰 빈민가다. 델리가 인도의 정치를 담당하고 있다면 뭄바이는 인도의 경제·문화를 담당한다. 가장 부유하고 화려하지만 가장 가난한 사람이 많은 도시다. 뭄바이에 거대한 슬럼가가 생긴 이유는 기후변화 때문이기도 하다. 가뭄이 갈수록 심해져서 농사를 짓던 뭄바이 근처의 도시와 시골 마을 사람들이 먹을 것을 찾아 뭄바이 시내로 몰려들었고 거대한 슬럼을 형성하게 된 것이다.

신선한 아침 공기를 마시려고 창문을 열었는데, 웬걸 빈민가에서 불어오는 매캐한 연기 냄새가 코를 찔렀다. 아침밥을 짓기 위해 나뭇잎과 소똥을 땔감으로 태우는 냄새였다. 한참 생경한 풍경을 보고 있는데 슬럼가에서 사람들이 공터 쪽으로 작은 플라스틱 양동이를 하나씩 들고 걸어오기 시작했다. 무슨 일인지 유심히 살펴보는데 저마다 자리를 잡고 풀숲에 쪼그리고 앉는 것이 아닌가! 그때까지도 이게 무슨 상황인지 몰라 '왜 저러지.' 하면서 좀 더 자세히 보려고 몸을 앞으로 내밀고 미간을 좁혔는데 쪼그려 앉은 사람과 눈이 마주쳤다. 아! 그 순간 나는 고개를 돌렸지만 이미 알아버리고 말았다. 그들은 아침 볼일을 보고 있는 것이었다. 공터에 앉은 누군가는 한참 용변을 보면서도 나를 호기심 어린 눈으로 열심히 쳐다봤는데, 아직까지도 그때를 잊을 수가 없다.

지금은 인도 전역에 '클린 인디아' 캠페인이 일어 화장실이 많이 만들어졌지만 그 당시 인도에는 화장실이 드물었고 화장지 문화도 없었다. 작은 플라스틱 양동이에 담긴 물과 왼손만으로 모든 일을 해결한다. 그래서 인도 사람들을 만나면 밥을 먹거나 인사할 때 왼손을 내미는 실수를 해서는 안 된다. 그들에게 오른손은 밥을 먹는 손, 왼손은 화장실에서 일을 처리하는 손이다. 문화적 충격이었다. 그러나 이것은 시작에 불과했다. 점점 더 충격을 받는 일이 하나씩 늘어났다. 그럼에도 불구하고 나는 요가의 나라에 있다는 사실에 신나 있었다.

내 친구
아미르 칸

흙먼지를 일으키며 키 작은 사나이 '아미르 칸'이 나타났다. 인도 영화의 남자배우 이름이 '칸'으로 끝나서인지 나는 칸이라는 이름을 듣고 키가 크고 건장한 청년이 오겠거니 하고 막연히 생각했다. 동그란 얼굴에 적당히 배가 나온 작은 남자가 약간 과장되게 웃으며, 자신을 리시케시에서 가장 훌륭한 베스트 드라이버라고 소개하는 걸 들으니 나도 웃음이 났다. 천진난만해 보이기도, 허풍쟁이 같아 보이기도 했다. 그는 낡았지만 깨끗한 자신의 차로 나를 안내했고 나는 거기에 올라 탔다. 칸은 리시케시 람줄라 주차장에서부터 하르드 와르(Haridwar)까지 운전하는 내내 한 번도 쉬지 않고 이야기를 이어 나갔다. 완벽한 인도식 영어를 구사하는 칸의 이야기는 대부분 이랬다.

우리가 탄 차가 지나치는 길의 양옆으로 보이는 수 많은 가게와 학교나 여러 사무실의 주인이나 근무자가 자기 삼촌의 친구라든가, 저 골목 안쪽에 친구 어머님이 운영하는 식당이 있다거나, 아니면 고모에 이모뻘 되는 사촌의 식료품점이 바로 저기인데 얼마나 장사가 잘되고 유명한 곳인지 끝임없이 떠들었다. 처음에는 아, 하는 감탄사와 함께 맞장구를 쳐 주었지만, 너무 길게 이어지는 칸의 이야기에 대꾸할 말이 없었고 약간 짜증까지 올라왔다. 더군다나 너무 설명에 집중하면서 손짓하다 보니 전방주시가 흐트러져 몇 번씩 아찔한 경우도 생겼다. 그때는 약간 굳은 얼굴로 칸을 보았지만 칸은 아랑곳하지 않았고 자신의 운전 솜씨를 뽐내며 달렸다. 그러다 하르드와르의 넓은 공터에 무사히 도착했다. 12년마다 세계 최대의 종교 축제인 '쿰

바멜라(Kumbh Mela)'가 열리는 곳이었다.

칸은 내게 귀중품을 잘 챙기라며, 귀중품이나 현금이 많으면 내가 위험할 수 있으니 자신에게 맡겨도 된다고 했다. 사람 많은 곳에서 자신이 지킬 수 있다고 말이다. 인도 숙소 특유의 허술한 잠금장치 때문에 모든 경비를 몸에 지니고 노트북까지 들고나온 형편이긴 했지만 그에게 맡기고 싶은 마음이 눈곱만큼도 들지 않았다. 그런 마음을 들키고 싶지 않아서 고맙지만 괜찮다고 했다. 대신 하르드와르에서 일정이 길어질지 모르니 조금만 기다려 달라고 부탁했다.

회의가 예상보다 더 오래 걸렸다. 갠지스강에서 열리는 아르띠 뿌자(Arti Pooja)♦까지 참석해야 했다. 일을 다 마치자 아주 늦은 밤이 되었다. 중간에 칸에게 연락할 다른 방법을 몰라서 어쩔 수 없이 일정이 다 끝나고 나서야 만나기로 한 장소로 갈 수 있었다.

인도 전역에서 온 순례자들이 뿌자가 끝난 후 자신

♦   힌두교의 종교행사로 해가 질 무렵 갠지스강가 가트에서 대부분 시바 신에게 바치는 제사의식이다. 브라만 사제들이 불의 신 아그니에게 바치는 불을 피우고 만트라와 찬팅을 하며 기도한다. 특히 하르드와르와 리시케시에서 매일 열리고 순례자와 관광객으로 항상 붐빈디.

들이 가야 할 곳으로 이동하는데 나는 서둘러 칸이 기
다리고 있을 공터로 발길을 재촉했다. 하르드와르 시
장에서 넓은 공터까지 가는 길은 벌써 칠흑 같은 어둠
이 내려앉아 앞이 잘 보이지 않았다. 희미한 불빛에 간
단하게 짜이와 잘레비(Jalebi)◆를 파는 노점상이 드문
드문 있었지만, 그 불빛을 벗어나면 구걸하는 노숙자
들의 남루한 잠자리가 벌써 펼쳐져 있었다. 그들을 피
해서 조심조심 서둘러 걸었다. 그런데 만나기로 한 장
소에 칸의 차는 없었다. 칸이 먼저 갔을 수도 있다고
생각해서 놀라지는 않았다.

　아무도 없는 공터에서 벗어나 차가 무섭게 달리는
차도까지 나가 보았지만, 리시케시까지 가는 차를 잡
는 건 불가능해 보였다. 간혹 릭샤가 와서 말을 걸었지
만, 릭샤를 타고 두 시간 넘게 비포장도로를 달릴 엄두
가 나지 않았다. 물론 시간도 정하지 않고 너무 늦게까
지 일을 본 내 잘못이 컸지만, 사람 좋게 생겼던 칸에

◆　밀가루 반죽을 동그랗게 만든 다음 다시 꽈배기 모양으로 만들어 바삭하게 튀긴
　　후 설탕물을 묻힌 과자이며, 사모사와 함께 가장 대표적인 길거리 음식이다.

대한 작은 원망이 꿈틀댔다. 어쨌든 리시케시로 돌아가는 방법을 찾기 위해서 다시 하르드와르 시장 쪽으로 가야만 했다.

코앞도 안 보이는 어둠 속을 더듬거리며 갠지스강 방향으로 한 걸음씩 나아갔다. 겨우 넓은 공터 끝자락에 도착했을 때 이리저리 두리번거리는 칸을 보았다. 칸은 내가 일을 마치고 나올 때 차를 잘 볼 수 있게 하르드와르 입구 가까운 곳에 주차했는데 사람들이 거의 다 갔는데도 나오지 않아 뭔가 잘못된 게 아닌가, 하고 나를 찾으러 나섰다고 했다. 저 복잡하고 사람 많고 시끌벅적한 곳에서 어찌 나를 찾는다고. 그래도 신기하게 우리는 만났다. 나는 안도의 한숨을 길게 내쉬며 리시케시로 향하는 차에 올랐다.

조금은 주눅이 들었는지 올 때하고 다르게 조용해진 칸에게 나는 늦어서 정말 미안하고 끝까지 기다려줘서 고맙다고 했다. 칸은 금방 밝은 얼굴로 변하더니 또다시 사돈에 팔촌에 이웃과 친구들에 대해 이야기하기 시작했다. 그리고 은밀한 말투로 혹시 리시케시에서 고기가 먹고 싶거나 술을 마시고 싶다면 자신이 언제든 구해다 줄 수 있다며 눈을 찡긋했다. 아무도 못 하지만, 자신은 가능하다면서 원하면 언제든 말해달라고 말이다. 리시케시 시내에 접어들자 갑자기 칸은 어느 가게 앞에 차를 세우더니 나를 내리게 했다. 그러더니 자신의 형님이라며 한 사람을 소개해주고 인사까지 시켰다. 나는 어리둥절한 채 그 후로 몇 번이나 더 차에서 내려 리시케시 사람들과 인사를 하며 짜이와 레몬차를 마셨는지 모르겠다. 칸의 행동 때문에 나중에는 약간 헛웃음이 나왔지만, 차츰 그 행동에 동화되어 리시케시 시내에 살고 있는 칸의 지인들과 인사하는 걸 즐기게 되었다.

칸의 행동은 행위만 있는 것 같았다. 결과나 과정은 생각하지 않고 집착하지 않는 순수한 행위! 자신의 집이 근처인데 저녁을 먹고 가는 게 어떠냐고 칸이 제안해서 나는 정중히 거절하느라 애를 먹었다. 칸은 내가 자신의 진정한 친구라며 언제든 집에 놀러 오고 싶으면 오라고 했다. 신기하게도 그의 진심이 느껴졌다. 우리가 만난 건 오후 반나절뿐인데 어떻게 그 시간에 진실한 친구가 될 수 있는지 모르겠지만, 칸의 진지한 얼굴에 대고 반론을 제기할 수는 없었다. 숙소에 거의 도착했을 때 칸에게 팁을 얼마나 줘야 할지 잠깐 생각해 보았다. 비용은 벌써 회사를 통해서 지불했지만, 칸을 생각보다 오래 기다리게 했고 오늘 회사에서 받는 일당이 칸의 하루 수입 전부일 거라는 생각이 들어서 1500루피, 우리나라 돈으로 2만 원 정도를 건넸다. 칸은 팁을 거절했다. 자신은 회사에서 일당을 받았기 때문에 팁은 안 받아도 된다고 했다. 나는 다시 팁을 내밀면서, 오랜 시간을 기다리고 안전하게 숙소까지 데려다준 고마운 마음을 담았다고 설득했다. 그러자 칸은 이렇게 말했다.

"우리는 친구예요. 비록 짧은 만남이었지만 당신은 저에게 소중한 친구입니다. 소중한 친구가 제게 왔기 때문에 나는 정성을 다해야 합니다. 그것뿐이에요. 나는 친구로 당신에게 해야 할 일을 했을 뿐입니다."

칸은 언제든 자신의 집에 꼭 한번 와달라고 말한 뒤 다시 밤길을 되돌아갔다. 1500루피를 쥐고 있던 손이 무겁게 느껴져서 살며시 양손을 주머니에 넣고 한참 동안 칸이 사라진 어둠 속을 바라보았다.

코리아 요가 컨퍼런스를 끝낸 후 칸이 사는 리시케시로 다시 가려고 한다. 칸의 아이들에게 줄 학용품을 사서 내 친구 칸의 집을 방문해 보려고 한다. 분명 환하게 웃으며 이번에도 온 동네 사람들에게 나를 소개해 줄 텐데, 나는 흔쾌히 즐길 준비가 되어 있다.

내가 만난 사두

커다란 나무 밑에서 다리 하나를 들어 발바닥을 다른
쪽 허벅지에 깊숙이 밀어내며 나무자세를 하고 양쪽
손바닥으로 두 눈을 감싸며 서 있는 사두◆를 본 순간,
누군지 금방 알아챘다. 어제 새벽 해가 뜨기 전에 명상
을 하려고 갠지스강 모래사장을 서성이고 있을 때 여

◆ 인도에서 깨달음을 얻기 위해 출가해서 고행을 하며 수련하는 요가 행자를 말한
다. 인도에는 약 5백만 명의 사두가 있다고 한다.

기저기서 나뭇가지를 주워다가 모닥불을 피워 놓고 몸을 녹이던 그 사두였다. 그는 내게 잠시 불을 쬐고 가라고 했다. 나는 주저 없이 털썩 앉았고, 두 손바닥을 모닥불 가까이 들이밀었다.

사두는 무심한 듯 나뭇가지를 불에 하나 두 개씩 던지며 내게 어디에서 왔냐고 물었다. 한국에서 왔다고 하니 그는 굉장히 놀랍다는 표정으로 북쪽이냐고 해서 남쪽이라고 했다. 짧은 감탄사가 입에서 튀어나오더니 '김정일 국방위원장'은 잘 있냐고 말했다. 잘못 들은 것은 아니었다. 나는 분명히 히말라야산 밑에 갠지스강 모래사장 작은 모닥불 앞에 앉아 출가한 사두에게 김정일 국방위원장이라는 소리를 똑똑히 들었던 것이다. 북한 사람이 아니라서 그가 잘 있는지 나는 모른다고 했다. 호기심이 생겨 사두에게 김정일 국방위원장에 대해서 어떻게 아는지 물었다. 그는 자신은 요가 수련을 통해서 세상의 모든 것을 다 알고 있다며, 망설이지 않고 이야기했다.

새벽잠도 많은 내가 오랜만에 마음잡고 명상을 하려고 나왔는데 해가 뜨기 전부터 길을 잘못 들었다는 생각이 물밀듯 밀려왔다. 아무래도 빨리 일어나야겠다는 마음에 엉덩이를 드는데 갑자기 사두가 단호하게 말했다.

"곧 너희 두 나라는 통일이 될 것이다."

인도 사람들은 일본이나 중국은 잘 알아도 한국은 잘 모르는데, 남북의 분단 상황도 알고 더군다나 김정일 국방위원장을 안다는 것이 신기했다. '어디, 무슨 말까지 하는지 보자.'라는 심정으로 우리나라가 통일이 된다면 언제 통일될 것 같은지 물었다. 사두는 한참 눈을 감고 명상 자세로 있더니 앞으로 10년 후에 남북은 통일이 된다고 했다. 그냥 일어날까 하는 생각이 굴뚝같았지만, 그 뒤로 사두는 달라이 라마와 중국과의 관계에 대해서 한참 열변을 토했고 미국과 중국과의 관계에 대해서, 오바마 대통령의 재선에 대해서도 점치기 시작했다.

한참 사두의 이야기를 듣다가 이제는 떠날 시간이라 양해를 구하고 가려는데 사두는 또 한 번 단호하게 말을 했다. 자신의 모닥불에서 추위를 피했고 또한 국제사회에 대한 강의를 들었기 때문에 수업료를 내고 가야 한다는 것이었다. 받은 돈은 자신을 위해 쓰는 것이 아니라 신을 위해 기도할 때 사용될 거라는 말도 잊지 않았다. 사두에게 제대로 돈을 뺏기고 아침 명상이고 뭐고 다시 숙소로 돌아가야만 했던 아침이었다. 그런데 다음 날 아침에 그를 또 만난 것이다.

움직이지 않고 한 발로 서 있는 사두를 멀리서 지켜보고 있었다. 사기꾼일지도 모르는 사두가 저런 모습을 하고 계속 나처럼 어설픈 외국인에게 사기를 칠지도 모를 일이라 지나칠 수 없었다. 그는 그늘 아래서 나무자세를 했는데 시간이 흐르자 그늘은 사라지고 땡볕 밑에 홀로 서 있게 되었다. 곧 자세를 풀고 나무 밑에 앉아 쉴 거라는 내 예상은 여지없이 무너졌다. 한 시간이 지나고 두 시간이 지나도 사두는 꼼짝 없이 그 자리에 그대로 나무처럼 서 있었다. 초조해진 건 나였다. 왜냐면 약속 때문에 락시만 줄라 방향으로 가야만 했기 때문이다.

처음에는 땡볕에서 사두가 '얼마나 버티고 있을까?' 하는 호기심이 일어 나는 그늘 밑에 자리를 잡고 앉았다. 한낮에는 나무 그늘 밑이라도 땀이 흐를 만큼

더웠는데, 몇 시간 동안 한 치도 흐트러지지 않는 사두를 바라보면서 나는 경외감이 들었다. 태양은 여전히 강했고 바람 한 점 없는 오후 한나절에 이름 모를 새가 울었다. 사두가 자세를 푸는 모습을 지켜보지 못하고 나는 자리에서 일어나야만 했다. 사두에게 나도 모르게 합장을 했던 거 같다.

다음 날 사두는 그 자리에 없었다. 며칠이 지나고 다시 사두를 본 건 한적한 담벼락 밑이었다. 조용한 곳이었지만, 시시때때로 사람과 소와 개와 원숭이들이 지나다니는 길옆 작은 담벼락 밑에서 연꽃자세를 하며 두 눈을 감고 있었다. 아마도 한참 있었던 듯 반듯한 허리가 조금은 굽어 보였다. 사두 주변에는 낡은 보따리 하나와 낡은 그릇과 컵이 있었다. 아마 사두의 전 재산일 것이다. 그가 어떤 이유로 사두가 되어 전 재산을 짊어지고 다니는지 나는 모른다. 어디에서 누구에게 무슨 이야기를 듣고 어떤 이야기를 해주는 지도 모른다. 외지인에게 돈을 요구하던 사두의 모습이 진짜인지, 오랜 시간 고행을 하는 사두의 모습이 진짜인지는 더더욱 모른다. 하지만 하나는 알 수 있었다. 이 순간 사두는 세상과 온전히 하나 되었음을.

　미동도 안 하는 사두에게 돈을 조금 놓고 갈까 하는 생각도 들었지만, 나는 그저 합장을 하고 가던 길을 걸어갔다. 사두가 눈을 뜨고 돈을 요구할지 모른다는 생각이 들어서 빠른 걸음으로 새가 울어대는 오솔길을 빠져나왔다.

변함없는
모습으로

그를 처음 본 곳은 리시케시에 있는 파르마르트 니케탄(Parmarth Niketan) 아쉬람*이다. 나는 아쉬람에서 만트라를 가르쳐 준다는 소식을 듣고 새벽잠을 떨치며 달려왔다.

낯선 사람 십여 명이 먼저 와서 앉아 있었다. 곧 수

◆ 일반적으로 공동체를 의미하며 수행자들이 모여 사는 곳을 뜻하는데 현재는 요가, 명상, 수행에 대한 가르침을 제공하는 장소의 의미로 많이 사용한다.

업이 시작되었다. 나는 읽지도 못하는 산스크리트어로 쓰인 얇은 만트라 책을 이리저리 뒤적거리며 히말라야에서 불어오는 쌀쌀한 기운을 떨쳐 내려고 애썼다. 차갑고 딱딱한 대리석 위에서 하는 아사나 수업은 인내심이 필요했다. 몇 시간 동안 가만히 앉아만 있어야 하는 만트라 수업도 곤혹스러웠다.

그때 그가 조용히 걸어 들어왔다. 오랜 시간 신과 함께한 사람 특유의 기운이 엿보였다. 주황색 옷과 머리에 쓴 황색 스카프를 보고 출가인임을 알 수 있었다. 그의 옅은 미소는 사람들의 긴장을 내려놓게 하지만, 굳게 다문 입술은 사람들이 쉽게 다가가지 못하게 하는 위엄도 갖추었다.

그는 안경 너머로 사람들을 쭉 둘러보더니 하모니움 건반을 누르며 조용히 '옴' 찬팅을 불렀다. 물론 텅 빈 공간의 울림이었고, 알아듣지 못하는 산스크리트어였지만, 옴 찬팅 이후에 울려 퍼진 만트라는 이제껏 세상에서 듣지 못했던 소리였다. 가느다랗게 퍼지는 소리였지만, 묵직했으며 울림을 주는 무게만큼 산뜻했다. 처음 눈을 감고 들었을 때의 감동은 어지러운 마음을 바로잡아 주었으며 차가운 대리석을 잊게 했다. 나도 모르게 눈물이 흘렀다.

사라스와티(Saraswati)는 파르마르트 니케탄 아쉬람의 어머니로 불린다. 스와미지♦가 없으면 강가 뿌자를 주최하며 이끌어 가고 아쉬람의 모든 것을 돌보며 관리한다고 들었다. 나는 온종일 리시케시 뒷골목을 돌아다니다가도 해가 질 때면, 어김없이 아쉬람 앞 갠지스강가로 달려갔다. 매일 열리는 뿌자를 보기 위해서였다. 그곳에 가면 언제나 사라스와티의 고요하고 인자한 모습을 볼 수 있었고 아름답고 신비로운 만트라 찬팅을 들을 수 있었다.

그를 다시 본 곳은 일본 히로시마의 작은 호텔 복도였다. 두 사람이 지나가려면 몸을 한쪽으로 조금 비켜서야만 할 만큼 비좁은 복도에서 예상치 못하게 마주쳤다. 인사도 제대로 못 하고 가슴이 철렁 내려앉았다. 그는 특유의 미소를 지으며 변함없이 안경 너머로 나를 한번 보고 가볍게 목례를 하며 지나갔다. 그가 바로

♦   오랜 수행을 통해 깨달음을 얻은 힌두교의 큰스님을 말한다.

내 옆방에 있었다는 사실이 믿기지 않다. 전날 밤의 일이 떠올라 새삼 민망하고 죄송했다.

일본을 방문한 이유는 히로시마 요가 피스에서 부탁한 프리야 빈야사 강의를 하기 위해서였다. 해외에서는 처음으로 빈야사 수업을 진행하는 것이고 통역이 붙는 것도 처음이라 나는 머무는 내내 긴장을 놓지 못하고 있었다. 특히 강의가 있던 이틀은 더했다. 초긴장 상태였다. 다행히 통역을 해준 히키박 선생의 노련미와 동행한 요가쿨라 선생님들의 도움으로 무사히 수업을 마칠 수 있었다.

모든 수업을 무사히 마친 뒤 후련한 마음이 과했던 걸까, 나와 일행들은 비좁은 호텔 방에 쪼그려 앉아 밤새 웃고 떠들었다. 그 호텔은 옆방에서 속삭이는 말도 다 들릴 만큼 방음이 형편없었는데 흥분한 우리는 그 사실을 잊고 말았다.

사라스와티 선생이 온다는 건 히로시마에 오기 전부터 행사 포스터를 보고 알았다. 반갑고 신기해서 만나면 머리 숙여 인사드리려고 마음먹었는데, 바로 옆방에 계실 줄은 꿈에도 몰랐다. 사흘 동안 아무 기척도 없었는데 좁은 방에서 혼자 무엇을 했을까? 우리가 시 끄러운 밤을 보낼 때 히말라야 조용한 시골 마을에서 오신 선생은 무슨 생각을 하고 있었을까? 밤새 들리는 시끄러운 소리 속에서 명상을 하며 참았던 걸까? 작은 일에도 일희일비하고 흥분하는 나 자신이 몹시 부끄러 웠다.

그 후로 10년이 지난 세월 동안 사라스와티 선생은 변함없이 매일 저녁이면 갠지스강 가트 앞에서 뿌자를 진행하며 만트라와 킬탄을 한다. 아마도 평생 매일 그 자리 그곳에서 그렇게 찬팅을 하고 있을 것이다.

나는 선생이 있는 리시케시에 매년 가려고 노력한 다. 사람들은 왜 매번 같은 곳으로 가느냐고 묻는다. 한 번 가본 곳보다는 새로운 곳을 가는 것이 좋지 않으냐 는 물음이다. 그런데 나는 늘 그곳에서 한결같이 살고 있는 그들을 보는 것이 좋다.

갸네사 신상을 팔았던 상점 주인도 언제나 같은 장 소에 있고, 바로 옆 가게에서 똑같은 그림을 팔고 있는 데도 본인이 손으로 직접 그린 하나밖에 없는 그림이 라며 다른 곳에서는 살 수 없다고 태연하게 거짓말하던 그림 파는 청년도 있고, 지나갈 때마다 친구며 형제라고 두 손 벌려 환영해주던 주얼리 가게 사장도, 짜이를 한 잔 주며 호탕하게 웃던 게스트하우스 주인도, 변함없는 모습으로 그곳에 있다. 내게 열심히 신에 관해 이야기해주며 돈을 요구했던 사두도, 세상에서 제일 맛있는 라씨를 파는 허름한 카페 아저씨도, 모두 언제나 그곳에 가면 볼 수 있기 때문이다.

언제나 그 자리 그곳에서 그렇게 자신의 '다르마'를 지키며, 자신의 일을 묵묵히 해나가는 사람들, 더 가지거나 덜 가지려고 하지 않는 사람들이다. 가만히 생각해 보면 나는 매년 리시케시에서 그들을 보고 만나면서 한결같은 마음, 흥분을 가라앉히고 평정심을 지키는 마음을 배우는 건지도 모르겠다.

생각해 보면 누구나 그런 곳이 그립고 한결같은 이웃이 필요하지 않을까. 나도 내가 있는 지금의 자리가 어떤 모습으로 또는 어떤 환경으로 변하더라도 언제나 이 자리 이곳에 그렇게 있고 싶다. 나의 다르마를 묵묵히 지키며 살고 싶다.

신념의 힘

줄스 페브르(Jules Febre)는 내가 만난 남자 중에 가장 말랐고, 키도 작다. 그런데 어딘가 다부지고 힘이 있다. 2008년 요가쿨라에서 지바묵티 요가(Jivamukti Yoga)◆ 워크숍을 했을 때 27살이라고 얼핏 들었는데 정확한 나이는 모르겠다. 어쨌든 그 나이가 맞는다면 그는 나

◆ 1984년 미국 뉴욕에서 데이비드 라이프와 샤론 개넌 선생이 창시한 새로운 요가 스타일이다. 힌두어로 지바(jiva)는 영혼, 묵티(mukti)는 해방과 자유를 뜻하는데 모든 존재의 자유와 행복을 바란다는 의미이다. 경전, 박티(헌신), 아힘사(비폭력), 나다(차팅, 음아), 명상의 5가지 방법을 통해 수련한다. 하타 스타일의 요가이자, 역동적이고 파워풀한 동작을 반복해 수련한다.

97

보다 13살이나 어린 친구지만, 어디서나 당당한 카리스마 때문에 나는 그가 어른처럼 느껴지곤 한다.

어느 날 줄스와 홍대 거리를 지나고 있었다. 그런데 줄스가 횟집 수족관 앞에 갑자기 쪼그려 앉더니 닭똥 같은 눈물을 흘리는 것이 아닌가. 당황한 나는 왜 그러느냐고 물었고, 그는 수족관 물고기들이 불쌍하다며 훌쩍훌쩍 울었다. 나는 창피하기도 했지만, 직원들이 혹여 줄스에게 뭐라고 할까 싶어 얼른 다른 곳으로 그를 끌고 갔다.

또 한번은 줄스와 분식집에 가서 김밥을 주문했는데, 줄스가 김밥을 싸주는 사장님 옆에 가서 말했다.

"햄 빼 주세요. 계란 빼 주세요. 참치 빼 주세요. 아, 어묵도 빼 주세요."

안에 든 재료를 계속 빼 달라고 요구했다. 사장님은 약간 짜증이 난다는 듯 그럼 무얼 넣느냐고 반문했다. 그제야 내가 야채만 넣어달라고 말했는데, 그때에도 사장님에게 뭔가를 재차 요구하려는 줄스를 다시 끌고 와 앉힐 수밖에 없었다.

이런 날도 있었다. 여러 선생님과 같이 비빔밥을 먹

으러 갔는데, 그날따라 비빔밥이 유난히 푸짐하게 나왔다. 나는 한 그릇을 겨우 먹었고 선생님 세 분은 절반 정도를 남겼다. 줄스는 선생님들에게 자신이 남은 밥을 먹어도 되냐고 아주 정중하게 물었다. 남이 먹던 비빔밥은 지저분하다고 여기기 쉬운데 줄스는 밥알을 한 톨도 남기지 않고 다 먹어 치웠다. 음식을 남기지 않겠다는 투철한 신념이 느껴졌는데 줄스는 딱히 내색하지 않고 너무 배가 고파서 다 먹었다며 볼록 나온 배를 쓰다듬었다.

줄스는 어린 시절부터 삼촌 데이비드 라이프(David Life)와 숙모 샤론 개넌(Sharon Gannon)을 따라다니며 요가를 했다. 줄스의 삼촌과 숙모는 지바묵티 요가의 창시자였다. 줄스는 그들에게 배운 요가를 바탕으로, 오랫동안 뉴욕 슬럼가의 청소년에게 요가를 가르쳤다. 지금은 전 세계를 다니며 요가 워크숍을 진행하고 있다. 그는 대부분의 지바묵티 요가 선생님처럼 세 시간 워크숍을 하면 두 시간 동안은 아힘사◆를 말하고 채식을 해야 하는 이유에 관해서 이야기한다. 그의 채식에 대한 방대한 지식을 듣고 있노라면 나도 채식을 해야겠다는 다짐을 하게 된다.

줄스는 만날 때마다, 혹은 가끔 주고받는 메일을 통해서도 내가 채식을 하는지 묻곤 한다. 나는 줄스의 수업을 듣고 감동을 받아서 채식을 약속한 적이 있다. 그러나 나의 채식 생활은 일주일을 했다가 실패하고 한 달을 했다가 실패하고 짧게는 5일, 어느 날은 아침에 시작한 비건 생활이 오후에 끝날 때도 있었다. 가장 오래 한 비건 생활이 4개월이다. 그때는 이러다가 정말 나는 채식주의자가 되겠구나, 라는 생각에 스스로 감탄하기도 했다.

하지만 2009년 아누사라 요가(Anusara Yoga)♦♦의 존 프렌즈(John Friend) 선생의 워크숍에 초청받은 전날, 친목 모임에서 나는 무너지고 말았다. 그러니까 이게 다 주꾸미 때문이다. 친구들은 식당에서 다양한 회

♦ 살아있는 모든 생물에 대한 불살생, 비폭력, 동정, 자비를 뜻한다. 힌두교의 많은 경전과 성인들의 가르침을 말하며 자이나교에서 강조하는 덕목이다. 《요가수트라》의 요가 수행 8단계의 첫 단계인 야마의 5가지에서 맨 처음 강조하는 것이 '아힘사'이다.

♦♦ 1997년 미국의 요가 마스터인 존 프렌즈에 의해 만들어진 요가 스타일이며 아헹가 요가(Iyengar Yoga)의 영향을 받은 하타 요가이다. 신체적 정열을 중요시하며 그 정열과 삶의 철학을 연결하는 요가 스타일이다. 아름다운 언어를 사용하고 표현하며 많은 커뮤니티를 형성하고 있어서 가장 영향력 있는 현대 요가 스타일이다.

를 잔뜩 시켜 먹고는 정작 메인요리인 주꾸미볶음이 나왔을 때는 배가 부르다며 거의 입에 대지 않고 남기는 것이다. 친구들이 이야기를 하는 사이에도 나는 하염없이 주꾸미만 바라보게 됐다. 그런 나를 보고 친구들은 온갖 미사여구를 동원하며 주꾸미를 먹으라고 꼬드겼고 나의 채식 결심을 짓궂게 방해했다. 그래도 나는 잘 버텼는데 결정적으로 이 귀한 주꾸미를 다 버리게 생겼다는 말에 그날 나는 남은 주꾸미를 혼자 다 먹어 치웠다. 줄스도 음식을 남기지 않으려는 나를 이해해줄 거라는 구차한 변명을 하면서…. 그다음 날 아무 사라 요가 워크숍에 가서 울렁거리는 배를 움켜잡고 괴로워했다.

채식을 해야 하는 이유가 100가지도 넘고 너무 잘 알고 있지만, 준비되지 않은 채식 생활은 힘들었다. 무얼 하나 먹으려고 해도 많은 것을 조사하고 알아봐야만 했다. 먹을 수 있는 것과 없는 것을 구분하는 일도 만만치 않았다. 동료 선생님들에게 이제 그만하라는 말을 듣게 됐을 때쯤 신경질이 많아지고 이유 없이 화를 내는 나의 모습을 발견하게 되었다. 나도 모르는 사이, 말과 행동으로 또는 생각으로 폭력을 휘두르고 있다는 기분이 들었다. 비폭력을 실천하기 위해 시작한 채식이 또 다른 폭력으로 다가온 순간이었다.

마하트마 간디는 여러 차례 중병에 걸려서 의사로부터 고기즙이나 우유를 먹기를 권고받았지만 목숨이 위태로운 상황에서도 끝내 이를 거절하고 차라리 죽겠다고 했다. 간디의 그런 신념이 나에게는 아직 없다.

어느 날 줄스가 좋은 포도주가 있다며 홍대 골목의 한 카페로 나를 부른 적이 있다. 술을 못 마시는 내게 포도주는 별로 흥미가 없었지만, 줄스의 요청이니 찾아갔다. 줄스에게 지바묵티 요가는 채식은 하면서 술은 마시냐고 묻자 술이 어떠냐는 대답이 돌아왔다. 술이 주변에 피해를 주는 건 아니지 않느냐며, 물론 취해서 남에게 피해를 주거나 자신의 몸에 피해를 주는 경우도 있겠지만 술 자체는 아무런 문제가 될 게 없다고 줄스는 말했다. 적당하게 내가 나를 위해 마시는 것은 즐거움을 주는 거라며 내게도 맛 좋다는 포도주를 따라 주었다.

줄스는 담배도 마찬가지라고 하고 담배 자체는 아

무런 문제 될 게 없다고 했다. 하지만 몸에 안 좋은 성분이 많기 때문에 자신한테 폭력을 하는 거라서 생각해 볼 문제라고 했다. 나는 그에게 또 설득당했다. 그렇다면 나 자신에게 폭력을 가하지 않으면서 다른 생명을 존중하는 법은 무엇일까?

나는 줄스처럼 뚜렷한 신념을 갖고 싶다. 흔들리고 쉽게 넘어지는 게 인생이지만, 정리된 자신만의 철학이 있다면 줄스처럼 자신감이 넘칠 것이다. 그런데 동시에 주변의 소리를 듣고 이해하며 배우면서 신념을 차근차근 실천하고 싶다. 자책하지 말고 너무 조급해하지 말자. 천천히 계획을 세우며 굳건한 신념으로 자리 잡을 수 있게 노력해야겠다.

서로의
자유와 평화

나오미 선생을 처음 만난 곳은 2013년 부산이다. 부산 벡스코에서 열린 요가 페스티벌 수업에서 프리야 빈야사 수업을 마친 후 참가자들과 사진을 찍고 있을 때였다. 체구가 아주 작은 일본 선생님이 인사를 하며 다가와서, 자신의 요가원에서 워크숍을 해달라고 제의를 했다. 그해 동경 다이칸야마 비오라 스튜디오에서 프리야 빈야사 워크숍을 하며 나오미 선생과의 인연을 계속 이어갔다. 그 후로도 히로시마 요가 피스와 요코

하마 요가 페스타 등 일본의 크고 작은 요가 행사와 워크숍에 초청받아 갈 때마다 나오미 선생은 물론이고 많은 일본 요가 선생님과 교류하며 우리나라와 일본 요가인들이 함께 하는 시간을 보냈다.

상냥하고 어디를 가든 잘 챙겨주는 일본 선생님과 학생들이 고마워서, 그분들이 한국에 관광을 오거나 일 때문에 오게 된다면 나도 그들을 환대하고 친절히 대했다.

2019년에는 내가 나오미 선생을 코리아 요가 컨퍼런스에 초대했다. 일본 요코하마 요가 페스타에서 보았던 선생의 수업은 설명이 쉽고 에너지가 가득해 나는 강한 인상을 받았다.

나오미 선생은 흔쾌히 오겠다고 했고 잘 준비해 보겠다며 기뻐했다. 그런데 컨퍼런스가 열리기 십여 일 전 나오미 선생은 일본 사람이 한국에 가도 괜찮을지 조심스럽게 물어 왔다. 나오미 선생의 질문을 들었을 때, 아무리 한국과 일본과의 관계가 복잡하게 얽혀있다고 해도 사람들이 오고 가는 것까지 걱정해야 하는 정도인가 싶었다. 그런데 최근 급격히 나빠진 한일무

역 분쟁을 보면서 나오미 선생의 마음이 이해가 됐다.

가지 않고 사지 않는 일본 제품 불매운동이 국내에서 활발히 일어나고 있다. 일방적인 반일 감정이 아니라 분명 이런 운동이 일어나는 이유가 있다.

식민지 지배 당시 우리나라의 많은 사람은 몇몇 일본 기업에 강제 징용됐고 착취당했다. 많은 사람이 죽었고 엄청난 수탈을 당했으며 몸과 마음에 상처를 입었다. 피해자 네 사람이 1997년에 일본 기업들을 상대로 소송을 제기했으며 2018년 10월 30일 대법원은 일본 기업이 강제징용 피해자에게 배상해야 한다고 판결했다.

일본 정부는 이 판결이 1965년 체결한 한일청구권협정에 위배된다며 한국이 약속을 지키지 않았다고 주장했다. 한일청구권협정이 체결된 후 일본 정부는 한국에 총 5억 달러 상당의 경제지원을 했으니, 강제징용 피해자 개인에게 직접 배상할 의무가 없다는 것이다. 이에 대해 한국 대법원은 한일청구권협정은 정치적인 협의이고, 개인이 기업에 행사할 청구권에는 적용할 수 없으니, 일본 기업이 한국 피해자 개인에게 배상해야 한다고 판단했다. 한국 정부도 대법원의 판결에 공감했다. 그러자 일본 정부는 우리나라를 전략물자 수출심사 우대국(화이트리스트 국가)에서 제외했고 수출 규제를 강화하는 등 경제 보복을 취했다.

한일 간의 역사를 바로 아는 이라면, 일본 기업과 정부가 피해자에게 사과하고 배상하는 것이 마땅하다고 생각할 것이다. 일본 기업이 실질적인 피해를 입은 개인에게 배상과 사과를 하지 않은 것이 현실이기 때문이다. 그런데 일본 정부는 오히려 한국 정부에 부당한 경제 보복을 하고 있다. 이에 대해 우리 국민들도 일본에 가지 않고 사지 않는 불매운동에 적극 나섰다. 국민들의 자발적인 불매운동이 얼마나 더 오래가고 일본 정부에 압박을 줄지 모르지만, 우리도 일본 정부의 부당함에 불만을 제기하는 것이다.

동시에, 잊지 않아야 할 것이 있다. 서로에 대한 불신만 키운 채로 관계를 끊어서는 안 된다는 점이다. 우리의 불매운동이나 저항도 궁극적으로는 일본과 공정하고 다정한 관계를 맺기 위함이다. 언론이 서로 경쟁하며 반일, 반한 감정을 부추기고 있는 모습도 깊이 돌아봐야 한다.

세상에 존재하는 모든 사람과 동물, 자연은 같은 신성을 가지고 있다. 서로 연결되어 하나의 지구와 우주를 만들어 내고 있다. 의도했든 안 했든 우리의 요가 수련은 세상 모든 존재의 평화와 자유를 위함이다. 좀 더 가까운 곳에 존재하는 사람들을 아끼는 마음을 가져야하며 그 에너지는 더 멀리 있는 존재에게 전해져야만 한다.

나오미 선생에게 우리는 일본 사람들을 싫어하는게 아니라고 설명해주었다. 어떻게 사람들을 미워하고 싫어하며 오고 가는 것을 막을 수가 있을까. 우리는 일본 정부의 정치와 정책에 대해서 이야기하고 있는 것이고 그 부당함을 알리기 위해서, 우리 자신을 보호하기 위해서 이런 운동을 한다고 설명했다. 정치와 정책, 그 오만과 아집에 대한 불매운동이지, 사람에 대한 것이 아니라고 이야기했다.

다행히 나오미 선생과 일본의 다른 선생님들은 한국에 와서 코리아 요가 컨퍼런스에 참여했다. 마음을 다하여 수업을 했고 그 결과 매우 성공적으로 행사를 마쳤다. 어쩌면 우리 요가인들이 해야 할 몫은 이런 것이 아닐까? 그래야 우리가 서로에게 당당하고 서로를 존중하며 서로의 평화와 자유, 안녕을 기원하는 사이가 되지 않을까? 한국과 일본 모든 사람이 하루빨리 서로의 신성을 느끼고 알아차리는 순간이 왔으면 좋겠다.

아루나찰라로
가는 길

창조는 마치 보리수와 같다. 새들은 날아와서 열매를
따 먹기도 하고 가지 위에 집을 짓기도 하며, 사람들은
그늘 밑에서 쉬기도 하고 때론 가지에 목을 매기도 한
다. 그러나 보리수는 자신이 어떻게 쓰이고 있는지 관
심도 없고 알지도 못하며 조용히 자신의 삶을 살아갈
뿐이다. 그런데 인간의 마음만은 스스로 어려움을 만
들어내면서 살려 달라고 아우성을 친다. 신이 어떤 사
람에게는 평화를, 다른 사람에게는 슬픔을 주는 식으

로 편파적일 것 같은가? 창조 안에는 만물을 위한 준비가 되어 있다. 그런데도 인간은 착하고, 건강하고, 아름다운 것을 보는 대신 계속 투덜대기만 하고 있다. 이는 마치 굶주린 사람이 잘 차린 식탁의 옆에 앉아 있으면서도 손을 뻗쳐 배고픔을 해소하려고 하지 않고 "이게 누구의 잘못이야? 신의 잘못이야, 인간의 잘못이야?"라고 투덜대기만 하는 것과 같다.♦

어느 날 지산 스님의 열반 소식을 전해 들었다. 지산 스님을 처음이자 마지막으로 뵌 건 10여 년 전이다. 갑자기 찾아온 맹부님이 날도 좋은데 드라이브를 하자고 했고 얼떨결에 운전을 해서 간 곳이 경기도 근처의 작은 암자였다. 그곳에서 지산 스님과 차 한 잔을 마시며 이런저런 이야기를 했던 것으로 기억하는데, 주로 차에 관한 이야기였다. 나는 차에 대해서는 문외한이라서 가만히 듣고만 있었는데 지산 스님이 어색한 분위기를 바꾸기 위해 본인이 번역하고 엮었다는 《나

♦ 《나는 누구인가》, 라마나 마하리쉬 지음, 이호준(지산) 옮김, 청하

는 누구인가》라는 책을 꺼냈다. 한참 이야기를 하다가 그 책에 사인까지 받았다. 표지 한가운데 저자인 라마나 마하리쉬의 얼굴이 그려진 파란색의 책이었다. 나는 제목을 훑으며 영혼 없이 고맙다고만 했다. 나는 그 책을 몇 달 동안 들고만 다니다 어느 날 읽어 내려갔다. 그날 이후, 《나는 누구인가》는 내 인생의 책 중 한 권이 되었다.

이 책을 쓴 라마나 마하리쉬(Ramana Maharshi)는 근대 인도 정신사(精神史)의 큰 기둥이라고 할 수 있다. 특히 자아 탐구와 깨달음에 이르는 방법을 제시했다. 진아(眞我), 즉 진정한 나를 깨닫기 위해서 "나는 누구인가?"라는 의문을 품고 자신의 내면으로 몰입해야 한다고 했다. 《나는 누구인가》는 세 부분으로 나뉘는데, 1부는 자신이 누구인지에 대해 마하리쉬와 질문자 간의 문답으로 전개되고 2부는 그의 생애에 대한 문답, 3부는 제자들과의 문답이 주제별로 정리되어 있다. 요가 수련자가 평상시에 궁금해하는 가장 기본적인 질문에서부터 진아, 탐구와 복종, 스승, 수행, 체험, 이론 등에 대한 심오한 내용을 쉽게 이해할 수 있도록 자세히 설명하고 있다.

> 진아(眞我)에 도달한다는 것은 없다. 만약 진아에 도
> 달해야 한다면 진아는 지금 여기에 존재하고 있지 않
> 다는 의미이며 획득해야 할 대상이라는 의미이다. 새
> 롭게 획득한 것은 결국 잃어버리게 된다. 따라서 그것
> 은 영원하지 않으며 영원하지 않은 것은 추구할 만한
> 가치가 없다. 진아는 획득되는 게 아니다. 그대가 진아
> 다. 그대는 이미 그 자체이다.

이 책에는 주옥같은 질문과 대답이 빼곡히 차 있다.
하지만 가장 첫 장에 나오는 질문과 대답이 어쩌면 모
든 사람에게 이 책이 전해주는 가장 기본적인 대답일
것 같다. "나는 누구입니까?"라는 질문에 라마나 마하
리쉬는 이렇게 대답한다.

> 뼈와 살로 이루어진 이 몸은 내가 아니다. 시각, 청각,
> 후각, 미각, 촉각 등의 다섯 가지 감각 기관은 내가 아
> 니다. 말하고 움직이고 붙잡고 배설하고 생식하는 다

섯 가지 운동기관은 내가 아니다. 호흡 등의 다섯 가지 기능을 수행하는 프라나 등의 다섯 가지는 내가 아니다. 생각하는 마음도 내가 아니다. 내면에 잠재된 무의식도 내가 아니다. 이 모든 것을 "내가 아니다."라고 부정하고 나면 그것을 지켜보는 '순수한 앎'만이 남는다. 그것이 바로 나다.

요가에 대한 마하리쉬의 가르침도 있다.

요가 경전에는 많은 아사나와 그 효과가 언급되어 있다. 호랑이 가죽이나 풀 위에 앉아야 한다거나 '연꽃자세'니 '쉬운 자세'니 등등 자기 자신을 아는 데에 이런 것이 왜 필요하단 말인가? 진아로부터 에고가 일어나서 자신을 육체와 잘못 동일시하고, 세상을 실체로 착각하며 이기적인 망상에 뒤덮인 나머지 아사나 같은 것을 따지게 된다. 이러한 사람들은 자신이 모든 것의 중심이며 모든 것의 기초를 이루고 있다는 사실을 이해하지 못한다. 아사나란 확고하게 앉도록 하는 데에 그 의미가 있다. 자기 자신의 진정한 상태 이외에 어디에, 어떻게 확고하게 앉을 수 있겠는가? 자신의 진정한 상태야말로 진정한 아사나이다. 우주 전체를 떠받치고 있는 기반은 진아뿐이라는 참된 지혜로부터 벗어나지 않는 것만이 삼매를 위한 진정한 자세이다. 어떤 자세로 앉느냐고? 가슴의 자세로 앉는다. 나의 자세는 어디에서나 즐거우며 행복한 자세를 말한다. 가슴의 자세는 평화로우며 행복을 준다. 실체에 자리 잡은 사람에게 다른 자세는 필요하지 않다.

수행과 체험 부문에서는 라자 요가의 《요가수트라》 내용이 나온다. 호흡과 차크라, 쿤달리니, 아사나, 카르마 요가, 음식, 그리고 우리가 조금은 낯설어하는 초능력에 대한 질문과 답이 비교적 알기 쉽게 설명되어 있다. 라마나 마하라쉬는 침묵을 통해 사람들이 깨닫게 도와주는 것으로 유명하다. 동시에 사람의 상태와 이해 수준에 따라 여러 가지 비유와 간단한 설명을 들어 이해하기 쉽게 가르침을 주곤 했다.

마하리쉬는 간혹 어린아이처럼 순수한 모습을 보였고 누구에게나 인자하고 따듯한 미소를 지었으며 모든 사람을 평등하게 대했다.

1950년 4월 14일 저녁 라마나 마하리쉬는 항상 애정을 느끼며 존경했던 가장 신성한 산 아루나찰라에서 제자들이 보는 가운데 "나는 기쁘다."라는 말을 하고 한 번 깊은숨을 쉰 뒤 빛이 되었다고 한다. 그 후 라마나 마하리쉬의 가르침은 시바난다 스와미지와 팔라니 스와미지 등 위대한 수많은 제자에게 많은 영감과 깨우침을 주었고 인도뿐만 아니라 전 세계 많은 사람에게 수행의 길에서 한 줄기 빛이 되어주었다. 라마나 마하리쉬는 수많은 스승의 구루였기에 아직 많은 사람이 라마나 마하리쉬의 대답 속에서 더 많은 것을 알아가고 깨우치고 있다.

나 역시 이 책을 보면서 요가 수련의 이론과 철학을 정립해 갈 수 있었다. 책을 볼 때마다 그저 즐겁게 자신의 아사나를 하라던 라마나 마하리쉬의 가르침처럼, 묵묵히 번역을 하고 책을 엮었던 지산 스님이 떠올랐다. 기쁨과 함께 지산 스님에 대한 고마움이 마음속에 솟아난다.

코로나바이러스감염증이 잠잠해지면 라마나 마하

리쉬의 '아루나찰라'에 가고 싶다. 자전거를 타고 아루나찰라산을 한 바퀴만 돌아도 깨달음을 얻는다는 이야기가 있다. 상상만 해도 멋지고 아름답다.

3장

이야기하고

웃 고

내가 하는 요가

내가 가르치는 요가의 이름은 '프리야 요가'이다. 프리야(Priya)는 산스크리트어인데, 영어로는 'Welcome'이다. '맞이하다, 환영하다'라는 뜻이 있다. 누구든 있는 그대로 순수하게 받아들이겠다는 의미이다.

이 이름은 리시케시에서 수련할 때 요기람(Yogi Ram) 선생에게 받았다. 4년 정도 겨울마다 요기람 선생에게 전통 하타 요가를 배웠는데, 어느 날 그가 히말라야에서 명상을 하고 내려와 이 이름을 알려주었다.

인도의 고대 경전 《베다》에는 삶을 살아가는 네 단계가 기록되어 있다. 삶의 4주기라고 하는데 첫째가 브라마차리아로, 배움과 금욕을 실천하는 학생기이다. 옛 인도 사람들은 어린 시절 부모 곁을 떠나 스승의 집에 머물며 엄격한 교육을 받았다. 스승은 모든 것을 가르쳐야 할 의무가 있었고 학생은 한 사람으로서 성장하며 배워야 할 것을 공부했다. 다른 학생과 함께 일하고 어울리며 살아가는 방법도 터득했다. 그런 스승과 학생들이 모여 있는 공동체를 구루쿨라(Guru Kula)라고 했다.

내가 운영하는 '요가쿨라(Yoga Kula)'는 요가 공동체이다. 요가적인 삶을 공유하고자 '쿨라'라는 이름을 2007년 5월 25일부터 사용하고 있다.

그에 더해 인도의 대서사시 라마야나(Ramayana)의 라마와 아내 시타, 원숭이신 하누만 이야기에서도 영감을 받았다. '우리는 모두 연결되어 있고 하나다'라는 철학적인 수련의 틀을 담았다. 수련은 개인적이지만, '요가'에는 '연결'이라는 의미가 있어서 다분히 사회적이다. 요가쿨라의 리더 곽지혜, 김세이는 '나와 당신은 다르지 않다'는 신념이 있다. 나와 사람과 자연과 우주가 연결되어 있으므로.

라마가 원숭이신 하누만에게 물었다.

"너와 나 사이의 관계가 무엇이냐?"

그러자 하누만은 고백했다.

"육체적인 측면에서 나는 당신의 하인입니다. 하나의 영혼 측면에서 나는 당신의 부분이고 당신은 전체입니다. 자아의 측면에서 우리 둘은 하나입니다. 라마여, 당신은 나요, 나는 당신입니다. 이것이 저의 굳건한 신념입니다."

요가적으로 풀어 말한다면 당신과 나는 같은 신성을 가지고 있다는 뜻이다. 그 점이 내가 요가를 수련하는 이유이다.

요가의 수련법은 아주 많다. 정통 요가뿐만 아니라 현대에 들어오면서 다양한 하타 요가 수련법이 만들어지고 있다. 그 가운데 성향과 몸 상태에 따라 자신에게 맞는 방법이 있고 맞지 않는 방법이 있다. 누구든 다른 사람의 수련법이 맞거나 틀리다고 할 수는 없다. 더 자유롭게 할 수도 있고 과학적으로 근육을 움직이게 하는 방법도 계속 생기고 있다. 그 안에서 유연성과 힘을 강조하거나 이완을 더 중요하게 여기고 자신만의 스타일로 수련하는 사람들이 있기 마련이다. 수련은 자기 자신에게 맞는 방법을 찾아서 행하는 것이다. 새벽마다 일어나 매일 수련하는 것이 어쩌면 쓸데없는 짓일 수도, 아니면 해탈의 경지까지는 몰라도 마음을 위로해주고 평화롭게 해주는 것일 수도 있다. 장자는 쓸모없는 것의 가치를 알지 못한다면 쓸모 있는 것에 대해서도 말할 수 없다고 했다. 우리가 살기 위해서 우리가 딛고 있는 땅만 필요한 건 아니다. 딛지 않은 땅이 있기 때문에 지금 내가 이 자리에 서 있을 수 있다.

요가를 수련하고 가르치는 것은 직업적인 선택뿐만 아니라 삶의 방식을 선택하는 것이기도 하다. 요가적인 삶을 살아가려면 배움을 게을리하지 말아야 하고 경험을 통해 그 방법대로 실천하려고 노력해야 한다. 어떤 길을 걸어가야 하는지 아는 것과 정말 그 길을 걷는 것은 매우 다르다. 요가적인 삶은 그냥 결가부좌로 앉아 눈을 감고 생각만 하는 것이 아니라 움직이며 실험해야 한다. 왜냐면 실제로 그 길을 가는 동안 때로는 극복하기 힘든 어려움이 많이 생기기 때문이다. 내가 걸어가고자 하는 길이 무엇인지 이해하고 그 앞에 놓인 어려움도 받아들이고 극복할 수 있도록 끊임없이 노력해야 한다. 그 노력과 수용도 요가를 수련하고 가르치는 것과 같은 길이다. 나는 그 길을 즐겁게 걷고 싶다. 크리슈나는 생이 축제라 했는데 나도 동의한다. 그러니 언제든 이렇게 말한다. 춤추고 노래하고 요가하라고.

포기가 가져온 평화

요가원으로 들어오는 길목에 돌담이 있다. 꽃담이라고 이름을 붙였다. 서예가 '삼여' 김종건 선생이 지어준 이름이다. 선생은 힌두교의 경전《바가바드기타》의 한 구절을 꽃담에 적어 주었다.

기계적인 훈련보다는 지혜의 탐구가 낫고 지혜의 탐구보다는 명상에 몰입하는 것이 나으며 명상에 몰입하는 것보다 결과에 집착하지 않는 포기가 훨씬 낫다.

*행위의 결과에 집착하지 않고 행위하는 자는 즉시 평
화를 얻는다.*◆

　이 구절은 내가 스스로에게 자주 던지는 질문이기
도 하다. 내가 하는 기계적인 훈련은 무엇인가. 나는
하루에도 몇 번씩 요가 동작을 한다. 요가 동작을 아사
나라고 부른다. 아사나는 심리적으로나 육체적으로나
밥과 같아서 아사나를 매일 하는 것은 중요하다. 에너
지를 쌓는 과정이고 힘을 채우는 과정이다. 매일 먹어
야 살아갈 영양분을 공급받을 수 있다. 아사나를 하고
난 후엔 마음이 안정되고 편안해진다. 건강하고 강인
한 육체로 단련된다.
　그런데 《바가바드기타》에서는 기계적인 훈련보다
지혜의 탐구가 낫다고 했다. 지혜란 내가 나를 아는 것
이다. 내가 누구인지를 정확하게 알기는 몹시 어려운
일이다. 지혜의 탐구란 내가 누구인지, 내가 어떤 존재
인지 알아가고 깨우치는 과정에 있다. 그것은 시간이

◆　《바가바드기타》, 작자 미상, 12장 12절.

필요하다. 수련과 훈련에 시간을 많이 들이고 요가 경전을 공부하는 과정이 지혜의 탐구일 것이다. 스스로 숙고하는 시간을 충분히 갖지 않고서는 스승의 말을 들어도 이해하기가 쉽지 않다. 그래서 명상을 하라고 했는지도 모르겠다.

명상은 집중이고 집중이 계속 이어지는 상태이다. 몸과 마음을 한결 차분하게 유지해준다. 명상이 결국 지혜 탐구의 과정이라면 이 방법도 우리들에게 만만치 않은 시간과 노력을 요구한다.

더 나아가 명상에 몰입하는 것보다는 결과에 집착하지 않고 포기하는 자가 즉시 평화를 얻을 수 있다고 했다. 결과에 집착하지 않고 사는 것은 무얼까? 그것이 가능할까? 평화를 위한 포기란 무엇일까?

니코스 카잔차키스의 《그리스인 조르바》를 보면 완전한 포기자이자 자유인인 조르바를 만날 수 있다. 그는 '인간이란 자유'라고 외치며 순간에 집중하라고 강조한다. 조르바는 알고 있었다. 인간이 스스로 자유로워지는 게 얼마나 어려운지를. 좌절과 실수와 실패를 많이 해도 몰입한 채 혼자 춤을 출 수 있어야 한다고 이야기한다. 혼자 바로 설 수 있어야 상대에게 몰입할 수도 있다. 매 순간 새로운 춤인 듯 감탄하며 자신의 춤을 출 때 그때에 가장 행복한 춤이 된다.

조르바는 순간을 충실하게 살면서 깨달은 사람이다.

오늘날에야 나는 자연의 법칙을 거스르는 행위가 얼마나 무서운 죄악인가를 깨닫는다. 서둘지 말고, 안달을 부리지도 말고, 이 영원한 리듬에 충실하게 따라야 한다는 것을 안다.◆

자연의 리듬에 몸을 맡기는 일, 그게 곧 순간에 집중하는 것이리라. 자유에 이르는 길이 결과에 대한 집착을 포기하는 것이고, 포기하려면 순간에 집중하라는 조르바를 떠올리면, '포기'가 평화를 가져다준다는 《바가바드기타》의 말이 이해가 되기도 한다.

◆ 《그리스인 조르바》, 니코스 카잔차키스 지음, 이윤기 옮김, 열린책들, p.180

고유한 진동

발리에서 개최되는 스피릿 페스티벌에서 프리야 빈야사 요가 수업을 한 적이 있다. 나무와 하늘을 스케치하듯 푸른색으로 풍경화를 그려 놓은 곳에서 아주 멋진 수업을 하고 끝나자마자 마침 같은 시간대에 수업을 하는 나의 스승, 사이먼 로우(Simon Low)를 찾아갔다. 청명한 하늘 아래 상쾌한 바람이 부는 곳, 그곳에서 200명 가까운 사람들이 킬탄 음악에 맞춰 춤을 추고 있었다. 그들은 서로를 모르지만, 한목소리로 자연을 노래하고 평화와 사랑을 노래하며 하나가 되어 가고 있었다. 거기에 아름다운 하모니움 소리와 묵직하고도 맑은 찬팅이 어우러져 장관을 이루었다. 아직까지도 그때의 감동이 눈앞에 펼쳐진 것처럼 생생하게 기억난다. 찬팅은 에너지다.

한국에 돌아와서도 한참 에도앤조(Edo & Jo)의 킬탄을 들으며 그날을 떠올려 보곤 했다. 다프네 테스(Daphne Tse) 선생과의 추억도 생각난다. 오래전 스피릿 페스티벌에 트위 메리건(Twee Merrigan) 선생을 보조하고 시범을 보여주려 참석했는데, 수업이 끝나가는 마지막 시간대에 무대 위에서 사바아사나로 눈을 감고 누워있을 때 항상 듣는 'Saraswati Mahalo'라는 곡이 들려왔다. 너무나 익숙한 노래라 편히 들었는데 이상하게 너무 생생해 눈을 떠보니 다프네 선생이 바로 코앞에서 기타를 치며 노래를 부르고 있었다. 사진으로만 보고 CD플레이어로만 들었을 때도 항상 커다란 에너지와 감동을 받았는데 바로 앞에서 불러주니 그 밀도가 강렬해서 아직도 잊히지 않는다. 킬탄은 행복이다.

만트라는 진실한 말(진리), 산스크리트어로 신성하

고 파워풀한 치유의 진동을 불러일으키는 말이다. 다르게 말하자면 진동(振動)의 법칙이라고 할 수 있다.

세상에 존재하는 모든 것은 자기만의 고유한 진동수가 있다고 한다. 작은 모래알에서부터 풀 한 포기, 나무 한 그루에 이르기까지 더 나아가 행성과 태양을 포함한 우주까지도 말이다. 그래서 만약 어떤 신에 해당하는 만트라를 알면 그 신과 정신적으로 통신을 주고받는 법을 알게 된다고 한다. 자연과 신의 주파수를 알게 되는 것은 그와 연결되는 일이다.

찬팅은 이 만트라를 반복하여 곡조를 붙여서 노래하는 것이다. 무조건적인 사랑의 요가를 의미하는 박티 요가의 수련법인 킬탄은 힐링과 명상을 통한 치유의 효과가 있다. 흑인영가에서 많이 사용하는 콜 앤 리스폰스(call and response) 형식의 노래로 선창자가 먼저 만트라를 시작하면 나머지 사람들이 따라 부르며 리듬을 타는데, 뮤지션과 참가자 사이에 구분을 없애 자연으로 연결되는 느낌을 주고받고 하나가 되는 경험을 하게 도와준다.

현대 요가 수업에서 이제 음악은 선택사항이 아니

라 하나의 요가 수련 방법으로 자리 잡아가고 있다. 요가의 기원이 소리 요가에서 시작되었으므로 현대 요가는 다시 제자리를 찾아가고 있다. 우리나라에서 만트라와 찬팅 그리고 킬탄이 점점 더 사람들의 관심을 받아 요가 수련 방법으로 조금씩 자리 잡아가는 건 상당히 다행이고 고마운 일이다. 많은 사람이 요가 수업에서 만트라와 찬팅, 킬탄을 통해 위로받고 있다. 지금처럼 킬탄 뮤지션을 알지 못했을 때도 데바 프레말(Deva Premal)과 크리슈나 다스(Krishna Das)의 음악을 들으며 수업하던 때가 떠오른다. 그 음악이 나를 얼마나 치유해주고 감동을 주었는지 모른다.

2015년 제5회 코리아 요가 컨퍼런스에는 다프네 선생과 고라바니(Gaura Vani), 그리고 연주를 해주는 킬탄 뮤지션 비쉬(Vichy)를 초대했었다. 솔직히 초청 경비가 많이 들어 주저했었다. 강의에 몇 명이나 들으러 올지에 대해 걱정도 되었다. 그런데 그날 공유했던 감동과 에너지, 서로가 나눈 영감은 이루 말할 수가 없을 정도다. 킬탄 뮤지션들은 그날 우리 모두를 하나로 연결해주었다.

이제 나는 느낀다. 찬팅의 '에너지'를, 킬탄의 '행복'을, 만트라의 '연결'을 말이다.

그대에게 나마스테

인천공항에서 인도 델리까지는 비행기로 아홉 시간 반 거리이다. 그리고 델리에서 인도 북부의 히말라야산맥 기슭에 위치한 리시케시까지는 아무리 빨리 가도 열두 시간 이상이 걸린다. 요즘은 도로 공사도 많이 했고 경유 도시를 거치지 않는 외곽 도로를 많이 만들어서 이 정도지만, 10년 전에는 더 험난했다. 비포장도로로 흙먼지를 뒤집어쓰고 스무 시간 이상을 달려간 적도 있었다.

한번은 어두운 시골길을 달리던 차가 멈추더니 한참 동안 꼼짝을 하지 않았다. 도시에서는 워낙 차도 많고 사람도 많고 소, 말, 낙타에 아주 가끔 코끼리까지 지나가며 이리저리 섞이다 보니 밀리는 일이 흔하지만, 작은 마을밖에 없는 시골인데도 차들이 양쪽 길 모두 앞뒤로 정체되는 게 이해가 되지 않았다.

한 시간이 지나고 두 시간이 지나고 세 시간이 지났을 때 도대체 어떤 상황인지 알아보려고 차에서 내려 마을 방향으로 한참을 걸어갔다. 사람들이 많이 모여서 서로 의견을 주고받았는데, 마을 사람 한 명이 교통사고로 사망했다고 한다. 마을에서는 정당한 보상을 받을 때까지 양방향 도로를 막고 차가 못 다니게 했다. 안전장치를 제대로 갖춘 도로가 아니었고 경찰도 결국 그 마을 사람이기 때문에 해결될 때까지 마냥 기다려야 한다고 했다. 해가 떠야 해결될 거라는 이야기가 들렸다. 차 안에서 밤을 새워야 하는 아주 난감한 상황이 되었다. 오랜 시간 비행기를 타서 피곤한 데다 좁고 딱딱한 차 의자에 앉아 비포장도로에 몸을 이리저리 굴려 기운이 다 빠진 상태였다. 더군다나 점점 더 추워지기 시작했다.

그때 내내 무기력하게만 보였던 운전사가 지름길이 있다고 혼자 중얼거렸다. 지름길을 진작 말해주지 않고 왜 이제까지 가만히 있었냐고 운전사에게 물었더니 그는 지름길이라서 시간은 단축될지 모르지만, 산길이라 험하고 가끔 산적이 나타난다는 것이다. 산적이라고? 나는 임꺽정이 떠올랐다. 검은 수염을 기르고 험상궂게 생긴 덩치 큰 사람들이 칼과 도끼를 들고 있는 것일까? 아무리 인도지만 요즘 세상에 산적이라니. 어쨌든 차 안에서 추위에 떨며 꼼짝없이 밤을 지새우는 것보다 다른 차들과 같이 지름길로 가는 게 나을 것 같아 사람들에게 지름길로 같이 가자고 설득했다. 마침내 자동차 십여 대가 사탕수수밭을 지나 산속으로 향했다. 달빛이 밝았다. 산길은 험했지만 무사히 리시케시에 도착했다.

리시케시를 가려면 험난한 여정을 각오하는 것 외에도 많은 것을 내려놓아야 한다. 모든 수업을 멈추고, 워크숍과 요가 지도자 과정도 정리한 다음 알게 모르게 벌여 놓은 일도 일단 정지시킨 뒤에야 히말라야가 시작되는 곳으로 갈 수 있다. 모든 걸 멈추기 위해 그곳에 가는 지도 모르겠다.

요가 컨퍼런스 수업이나 워크숍을 가면 항상 참석한 선생님에게 질문을 자주 한다.

"요가 수련을 왜 하나요? 왜 힘들게 땀을 뻘뻘 흘려가며 그렇게 열심히 요가 수련을 하세요?"

이야기가 많이 오고 간다. 그리고 그 안에는 어떤 진실이 있고 감동이 있고 공감이 있다. 그냥 형식적인 대답도 물론 있다.

다른 이들도 종종 내게 묻는다.

"요가 수련을 왜 그렇게 열심히 하세요?"

나는 대답한다.

"세계 평화를 위해서요. 또한 당신의 평화를 위해서요!"

듣는 사람 대부분은 어깨를 으쓱거리며 멋쩍게 웃는다. 속으로 '에이, 뭐야.' 하는 분도 많을 거라는 걸 알고 있다. 그러면 나는 조금 더 평화에 관한 이야기를 이어간다.

해마다 초겨울이면 인도 리시케시로 간다. 아주

먼 길이고 때로는 위험하지만, 나는 애써서 많은 것을 잠시 멈추고 리시케시로 간다. 힘들게 도착한 리시케시는 언제나 그대로의 나를 받아 준다. 넉넉하지도 그렇다고 부족하지도 않은 그만큼 환영해준다. 그곳에서 하타 요가와 요가 철학을 가르치는 수린더 싱그(Surinder Singh) 선생은 나를 항상 따뜻하게 맞아 주고 힘껏 안아준다. 그리고 메리골드 꽃으로 만든 말라를 목에 걸어 주며 이렇게 말한다. 리시케시에 온 걸 환영한다고. 아주 먼 길을 왔으니 이제부터 아무 걱정도 하지 말고 푹 쉬라고 말이다. 아주 고맙고 감사한 말이지만, 처음에 나는 물었다. 왜 아무것도 하지 말고 가만히 있으라고 하냐고 말이다. 나는 수련과 명상을 하려고 무언가 얻거나 깨닫기 위해 힘들게 이 먼 곳까지 왔는데 선생은 왜 아무것도 하지 말라고 하는지 대들 듯 물었다. 수린더 선생은 큰 눈을 더 크게 뜨며 특유의 온화한 표정으로 이렇게 말을 이어 갔다.

"리시케시는 정말 신성한 곳이에요. 히말라야가 시작되는 곳이고 많은 사두가 모여 살기도 합니다. 리시케시 한가운데에 흐르는 갠지스강을 따라서 히말라야로 올라가는 계곡마다 수많은 요기가 아쉬람과 자신의 움막이나 동굴 등에서 진심을 다해 열심히 요가 수련을 합니다. 때로는 명상을, 때로는 만트라 찬팅을, 때로는 신에게 기도를 하기도 하고 아사나 수련을 하기도 합니다. 이렇게 수많은 사람의 요가 수련을 통해 만들어진 평화 에너지가 갠지스강을 따라 흘러 내려오는데, 이 에너지가 리시케시 전체를 감싸 주고 있습니다. 그래서 여기 리시케시에 여행 오는 사람들은 아무것도 하지 않아도 그 평화 에너지를 받아 갑니다. 그러니 여기에 온 것만으로도 그대는 평화로운 에너지를 받고 갈 수 있으니 아무 걱정하지 말고 푹 쉬도록 하세요."

수린더 싱그 선생의 말에 뭉클했다. 아무것도 하지 않아도 평화를 얻을 수 있다니 그 사실 하나만으로 무언가 가슴이 벅차올랐다. 가만히 생각해 보았다. 내가 요가 수련을 하는 에너지는 어디로 가는 걸까? 나와 내 주변에 많은 선생님이 요가 수련을 하는 에너지는 어디로 흘러갈까? 요가쿨라에서만 수련하는 게 아니라 서울과 대전, 광주, 대구, 부산, 제주도에서도 사람들이 수련을 많이 하고 있다. 우리나라뿐만 아니라 내가 알고 있는 혹은 모르는 많은 요가 수련자가 가까운 일본, 중국, 태국이나 인도네시아 더 멀게는 유럽과 미국 등에서 수많은 사람이 진심을 담아서 요가 수련을 하고 있다. 그 에너지는 어디로 가는 걸까? 내가 진심을 다해 묵상하고 수련하는 평화 에너지는 바로 내 옆에 있는 사람들에게 전달되고 밖으로 흘러넘쳐서 요가를 모르는 채 지나가는 사람들에게도 평화 에너지를 주는 것 아닐까? 사람뿐만 아니고 고양이나 새 그리고 나무와 풀에도 나의 평화 에너지는 흘러간다. 전 세계 사람들의 요가 수련을 통해 세계 평화가 온다고 하면 억지일까. 적어도 나와 우리가 땀을 흘리며 진심을 담아 하는 요가 수련은 그들이 의식했든, 안 했든 주변 사람들의 평화를 위한 것이다.

그러니 그대는 아무 걱정하지 말아라. 믿든지 안 믿든지 내가 그대의 평화를 위해 요가 수련을 하는 것이다. 이 생각은 나의 굳건한 신념이다. 그대에게 나마스테.◆

◆ 인도, 네팔 등에서 하는 인사말이다. 많은 신이 존재하는 인도에서는 각자 믿는 신이 다르기 때문에 내 앞에 누가 어떤 신을 믿든 그 신에게 인사한다는 뜻이다. 당신이 어떤 신을 믿든지 있는 그대로 존중한다는 의미이기도 하다.

웃고 울며
노래하고 춤추며

보통 사람들은 요가 선생님에게 어떤 이미지를 갖는 것 같다. 그중 하나는 수련자의 모습이다. 세속적인 것에 관심을 두지 않고 조용히 묵묵하게 명상하면서 절제와 인내심을 갖춘 요가 수련자의 이미지 말이다.

요가 선생님이라면 담배를 피우지 않을 것이고 술도 먹지 않을 것이며 욕도 하지 않을 것이라는 이미지가 있다. 채식을 할 것 같고 커피 대신 차를 즐기며 음식을 절제하고 차분한 걸음걸이를 지녀야 할 것 같다.

그러다 보니 가끔 나는 조금 억압받는 심정이 되기도 한다. 그대로의 내 모습이 아니라 요가 수련자 이미지로 한 부분만을 강조하는 상황에서는 나의 진짜 모습을 드러낼 수 없게 만든다. 그렇게 갑갑한 마음이 들 때 떠올리는 이야기가 있다.

나쁜 악마 라바나가 라마의 부인 시타를 납치해서 랑카로 도망가 버렸다. 가루다의 화신인 독수리의 왕 자타유에게 사랑스러운 아내 시타가 납치됐다는 소식을 들은 라마는 큰 충격을 받았다. 슬피 울부짖으면서 숲속을 헤매고 들판을 뛰어다니며 시타를 찾기 시작했다. 사람과 신들이 보기에 라마는 분명 정신이 나가 있었다.

길을 가던 시바 신과 그의 부인 파르바티가 라마를 보았다. 시바는 못마땅한 표정을 지었다. 위대한 신의 모습을 한 자가 너무 경망스럽고 체면도 없다며 혀를 찼다. 옆에서 가만히 함께 걷던 파르바티는 시바에게 이렇게 이야기했다.

"시바 신이여, 당신은 너무하는군요. 지금 부인이

납치당해서 슬픔에 빠진 사람에게 위로와 도움을 줘야 마땅할 텐데 오히려 비웃는 이유가 무엇입니까? 저 사람이 불쌍하지도 않습니까?"

그녀는 남편을 책망했다. 시바는 아내에게 말했다.

"파르바티여, 저 사내를 자세히 보시오. 콧물과 눈물로 범벅이 된 저 사람은 그냥 사내가 아닙니다. 이 세상을 유지하며 온 우주를 지배하고 있는 위대한 신 비슈누의 화신입니다. 그런 신이 저게 무슨 꼴이란 말입니까? 온 세상이 떠나가라 울며 거지가 다 된 저 모습이 신의 모습이라면, 사람들은 모든 신을 비웃고 말 것입니다. 내 말이 맞나 틀리나 한번 확인해 보시구려."

그러고는 계속 혀를 차며 먼저 걸어갔다. 파르바티는 시바 신의 말을 듣고 어찌 된 영문인지 확인하기 위해 시타의 모습으로 변했다. 숲속을 헤매는 라마의 앞을 가로막았다. 라마는 시타로 변장한 파르바티를 보고 말았다. 라마는 울음을 멈추고 씩 웃으며 이렇게 말했다.

"파르바티여, 당신이 여기는 웬일입니까? 왜 시타의 모습을 하고 있습니까? 삼부(시바 신)는 어디 가고 혼자 이 숲속에서 나의 아내 흉내를 내고 있습니까?"

이에 파르바티는 시바가 라마를 보며 자신에게 했던 말을 해주었다. 모든 이야기를 다 들은 라마는 갑자기 크게 웃으며 말을 이어갔다.

"저는 지금 내 다르마에 최선을 다하는 중입니다. 내가 맡은 역할은 라마이며 지금은 부인을 잃은 슬픈 라마가 되어야 합니다. 그것이 세상을 유지하는 힘이며 모든 사람이 현재에 충실해야 하는 이유입니다. 어때요, 나의 연기가 그럴듯합니까? 그럼 저는 바빠서 다음에 또 뵙겠습니다."

라마는 웃음을 멈추고 다시 눈물, 콧물을 흘리며 훌쩍이더니, 목 놓아 울부짖으면서 숲속으로 들어가 버렸다.

우리들이 현실에 충실할 때, 즉 내게 맡긴 그 순간의 내 역할에 충실할 때 세상은 유지된다고 한다. 웃어야 할 때 웃고, 울어야 할 때 울고 있는지 자신의 삶을 돌아본다. 옆 사람이 슬퍼하면 같이 슬퍼해주고, 기쁜 일이 생겼다면 같이 기뻐해주고 있는지 말이다. 춤을 출 일이 있으면 신나게 같이 춤을 추어야 하는데, 쉽지만은 않은 일이다. 웃고 울며 노래하고 춤추며 신이 우리에게 맡긴 역할을 있는 그대로 충실히 한다면, 우리는 우리의 다르마를 완성하게 될 것이다.

4강

춤 추 고
노 래 하 고

안정되고 편안한
아사나

2006년 일본 도쿄 오기쿠보에 있는 켄 하라쿠마(Ken Harakuma) 선생의 스튜디오에서 일주일간 아쉬탕가 수업을 들었다. 새벽 4시 30분에 일어나 JR전철을 타고 20분 거리에 있는 스튜디오까지 수련을 다녔다.

켄 선생의 요가 스튜디오는 매력이 가득했다. 1층에는 사무실과 크고 작은 수련장과 탈의실 2개가 있었으며, 2층 전체가 넓은 수련장이었는데 한쪽 벽면을 전부 책장으로 꾸몄고 아주 다양한 책이 가득 꽂혀 있었다. 나중에 나도 꼭 책이 가득한 수련장을 가지고 싶다는 생각을 처음 하게 한 장소이기도 하다.

수련할 때마다 70명 이상이 참여해 매트 사이 공간도 없을 정도였다. 어느 때는 일본 최고의 모델 메이 선생이 옆에서 수련했고 또 다른 날은 아쉬탕가 요가로 유명한 고빈다 카이 선생이 옆에서 수련한 적도 있었다.

그날도 변함없이 아침 일찍 수련장에 나가서 매트를 깔고 준비하고 있었는데 아주 덩치가 큰 일본 남자가 내 옆자리에 매트를 펼친 다음 앉았다. 나는 순간 당황했고 오늘 수련은 집중하기 힘들겠다는 생각을 떨칠 수가 없었다. 수련이 진행되면서 어김없이 내 예상이 맞았는데, 그 사람의 호흡 소리는 크고 거칠었으며 수리야 나마스카라A 5번, B 5번을 하기도 전에 그 사람의 땀이 내 매트로 튀었다. 시간이 흐를수록 그 사람의 땀은 계속 흘러 내 매트가 흠뻑 젖었다. 내 수련은 시퀀스만 겨우 따라가는 수준이었다. 나는 짜증이 났지만 그 사람의 낑낑거리는 소리와 아사나하는 모습이 약간 우습기도 했다. 그때 나는 못마땅한 표정을 숨김없이 드러내 보이며 수련 같지 않은 요가 수련에 임했는데, 그 사람은 전혀 나를 의식하지 않았다.

나는 그 사람이 마르치 아사나A와 B를 할 때는 조금은 어이없어하기도 했는데 C를 할 때 그 사람과 눈이 마주쳤다. 그는 환한 미소를 짓더니 열심히 왼쪽 팔로 자신의 오른 무릎을 감싸며 비틀려고 애를 썼다. 하지만 잡히지 않는 손끝의 허무한 느낌을 뒤로 한 채 다시 한 번 나를 보며 환하게 웃어주었다. 그는 땀을 뚝뚝 흘리며 할 수 있는 요가에 최선을 다했고 나와 눈이 마주치자 환하게 웃어 보였다. 그는 내가 이제껏 본 누구보다 경건하고 아름다운 아사나 수련자였다.

그때 나는 깨달았다. 내가 긴 팔과 마른 다리로 아사나를 여유롭게 하는 것보다 감싸고 비트는 건 잘하지 못하더라도 그 순간에 집중하며 자신만의 수련을 웃으면서 하는 이가 진짜 요가를 하는 사람이라는 것을. 그날 그가 내게 일깨워준 가르침이었다. 그날 타인을 이해하는 법을 조금 배웠다. 그는 사바아사나를 끝내고 땀을 닦고 양복으로 갈아입은 뒤 묵묵히 출근했다.

아사나를 하는 것은 중요하다. 하지만 더 중요한 점

은 환한 미소, 마음의 미소, 마음의 아사나를 하는 것이라는 깨달음을 그를 통해 얻었다.

산스크리트어로 스티라 수카 아사남(Sthira sukham asanam, 《요가수트라》2-46)은 아사나는 안정되고 편안해야 한다는 뜻이다. 아사나 이름은 산자세(Tadasana), 나무자세(Vrksasana), 원숭이자세(Hanumanasana), 독수리자세(Garudasana), 아래로 향한 개자세(Adho Mukha Svanasana), 메뚜기자세(Salabhasana), 연꽃자세(Padmasana), 까마귀자세(Bakasana) 등이다. 모두 자연에서 존재하는 것이다. 우리가 웃는 마음으로 편안하게 아사나를 할 때 나무도 산도 원숭이도, 연꽃과 독수리도 모두 평화롭다. 이 세상에, 이 땅과 하늘에 존재하는 자연이 평화롭다.

요가 스승들은 이렇게 말했다. 《요가수트라》에 나오는 아사나의 참뜻은 이 세상에 존재하는 모든 것이 안정되고 평안해야 한다는 뜻이라고. 우리가 의식하든 의식하지 못하든, 우리가 아사나를 하는 이유는 여기에 있다. 아사나는 이 세상의 평화를 위한 기도가 되어야 하고 아사나는 평화를 위해 움직이는 만트라가 되

어야 한다. 우리의 아사나가 편안할 때 세상에 존재하
는 모든 것이 안정되고 편안하다.

오르내리는
삶의 터전

새벽 3시에 일어나는 것이 쉽지는 않았다. 그래도 시바 신의 발끝이라고 불리는 히말라야산맥의 끝자락 마쿤자푸리데비 아쉬람(Maa Kunjapuri Devi Temple)에 올라간다는 설렘으로 새벽잠의 달콤함을 누르고 천근만근 무거운 몸을 일으켰다. 나와 일행은 버스를 타고 2시간 30분이 넘게 히말라야 산줄기를 올라갔다. 새벽 어스름이 깔린 산길 비포장도로를 지나갔다. 새벽잠의 여운을 이기지 못한 육신들은 나룻배같이 출렁거리는 버스에서도 곤하게 잠들었다. 어쩌면 다행인지도 모른다. 버스가 앞이 보이지 않는 좁은 산길을 희미한 달빛에 의지해 아슬아슬하게 곡예 하듯 지나는 것을 일행이 모르는 게 훨씬 낫다는 생각이 들었다. 아마 눈을 뜨고 창문 밖을 본다면 다들 걸어가겠다고 고집을 부렸을지도 모른다. 어느덧 버스가 더 올라가지 못하고 멈추었다. 우리는 몇천 개나 되는 계단을 올라갔다. 히말라야에서 불어오는 차디찬 바람을 온몸으로 견디며 올라가는 길인데도 깊은숨을 몰아쉬고 얼굴에 흐른 땀을 닦아야만 했다.

아쉬람 정상은 먼저 와 있는 외국인들로 조금은 분주했다. 매트를 깐 후 아사나 수련을 하는 그룹도 보였고 담요를 덮은 채 명상을 하며 해가 뜨기를 기다리는 사람들도 있었다. 하지만 추운 새벽 히말라야에서는 짜이 한잔이 어떤 행복보다 크다는 나빈 선생의 충고대로 깔던 매트를 접고 아쉬람 구석에 있는 짜이 파는 구멍가게로 갔다. 맞다. 이곳에서 최고는 짜이 한잔이다. 짜이 한잔으로 모든 것이 완벽하고 행복해진다는 진리를 다시 한번 깨닫는다. 어느덧 사람들은 히말라야산맥이 보이는 쪽으로 몰려갔다. 곧 찬란한 수리야◆가 멀고 먼 히말라야산맥에서부터 솟아올랐다. 그 태양은 새로운 시작이자 처음이며 영원과 같았다. 이처럼 아름답고 가슴 벅찬 수리야를 보기 위해서 단잠을 마다하고 올라온 것이다. 하나도 춥지 않았고 하나도 피곤하지 않았다. 이제까지 본 어떤 수리야보다 아름답고 신비했다.

우리 일행은 히말라야에서 신성한 곳 중의 하나인 마쿤자푸리데비 아쉬람을 구경했다. 작은 정성이지만 헌금도 했다. 다음 일정으로 히말라야산을 내려가는 트레킹이 예정돼 있었고 일출을 보고 난 후의 충만감이 가득해서 들뜨고 즐거웠다. 짜파티와 비스킷, 레몬차와 짜이로 간단한 아침 식사를 마치고 본격적으로 트레킹을 시작했다.

차가 다니는 비교적 잘 정돈된 좁은 비포장도로를 30분쯤 천천히 걸어 내려갔다. 주위의 경치와 멀리 보이는 히말라야 산등성이를 바라보는 기쁨에 푹 빠져

◆ 태양을 의미하는 산스크리트어, 인도 베다 신화에 나오는 태양신을 말한다.

있었다. 발걸음은 가벼웠고 온몸은 따뜻한 온기로 충만했다. 어느덧 차가 다니지 않는 산속 길에 진입했다. 분명 사람이 지나다니는 길 같은데 밀림을 헤치며 가는 기분이었다. 앞장선 가이드는 우거진 나무와 덩굴과 풀을 헤집고 거침없이 나아갔는데 뒤따르는 일행들은 영문도 모르고 앞사람의 등판만 보며 전진했다. 갑자기 탁 트인 들판이 나와서 깊은숨을 몰아쉬기도 하고, 한두 채의 민가와 영화에서나 나올 듯한 숨은 마을이 나타나 발걸음을 한참 멈추기도 했다. 몇백 년은 되었을 나무, 처음 보는 새와 원숭이가 튀어나와 이리저리 둘러보는 것만으로도 시간 가는 줄 몰랐다.

아무도 이야기해주지는 않았지만, 우리는 당연히 두 시간 정도 내려가면 버스를 타고 내려가는 줄 알았다. 하지만 어디에도 버스가 다닐만한 도로는 보이지 않았고 점점 밀림 한가운데로 더 깊이 들어가는 느낌이었다. 어디로 어떻게 가는지도 모른 채 세 시간쯤 걷고 난 뒤에 가이드에게 버스는 어디서 기다리고 있냐고 물어봤다. 앞장서던 가이드는 이상한 질문을 한다는 듯한 표정을 한 채 버스는 우리를 내려놓고 벌써 산에서 내려갔다고 했다. 아, 왜 아무도 이 사실을 몰랐던 걸까? 버스가 다시 올라오려면 산길이 좁고 막혀서 세 시간은 더 걸린다는 가이드의 대답에 할 말을 잃었다. 선택의 여지가 없었다. 여기서는 걸어 내려가는 길이 훨씬 빠를 거라는 말에 모두 고개를 끄덕였다.

말없이 걷던 일행들은 두 시간쯤 지나고 나서는 차츰 앞뒤 간격이 벌어지기 시작했다. 세 시간이 지나면서는 가파른 비탈길이 나왔다. 그 이후에는 도저히 두 발만으로는 내려올 수 없고 두 손도 사용해야 하는 길이 이어졌다. 바지는 물론이고 윗옷에도 도깨비바늘 가시들이 붙어 온몸을 찔러 댔다. 중간중간 쉬면서 몸에 붙은 억센 도깨비바늘을 뜯어내며 모두 고개를 가로저었다. 어느덧 트레킹을 한 지 네 시간에 접어들었다. 말을 하는 사람은 없어졌고 대신 다리를 쩔뚝거리는 일행이 늘어났다. 얼마나 더 가야 하느냐는 질문에 '세 시간'이라는 가이드의 대답이 돌아왔다. 네 시간을 걸어 내려왔는데 세 시간이 남았다고 하는 말에 점점 분노 비슷한 감정이 올라왔지만, 애써 꾹꾹 눌러야 했다.

산 중간중간에 있는 마을들을 지나칠 때마다 가이

드는 마을 사람들과 인사를 건넸다. 마을을 지나고 다시 매우 가파른 길을 내려가다가 모두 풀썩 주저앉았다. 일행은 이제 더 이상 못 가겠다며 이런 내리막길을 등산화, 등산 스틱도 없이 간다는 건 말도 안 된다면서 투덜거리기 시작했다. 그때였다. 우리가 쩔뚝거리며 내려온 산비탈 정상에서 커다란 나뭇가지 뭉치가 공중에 둥둥 떠다니더니 쏜살같이 내리막길로 달려왔다. 무슨 일인지 모두 쳐다보는데 앳된 소녀 둘이 자신의 몸집만한 나무를 한 짐씩 머리에 이고 뛰어 내려오고 있었다. 다 떨어진 샌들만 신고 있었다. 소녀 둘이 서로 이야기도 하는 듯 말소리도 들렸다. 일행 옆을 지나가면서는 얼핏 가이드에게 뭐라고 웃으면서 인사도 건네는데, 우리 일행에게도 환한 미소를 지으며 인사를 했다. 소녀들은 거짓말처럼 눈앞에서 사라져버렸다. 일순간 사라진 소녀들의 잔상을 찾으려고 눈만 껌벅거리는 일행에게 가이드는 조금만 가면 숙소에 도착하니 그전에 계곡에서 부은 발을 좀 담그라고 했다. 히말라야에서 내려오는 차가운 물에 발을 담그니 만감이 교차했다.

이른 새벽 산에 올라갈 때의 피로, 일출을 봤을 때의

찬란함, 행복이 새삼 떠올랐다. 퉁퉁 부은 발에서는 내려갈 때의 고난과 역경도 생생히 느껴졌다. 산을 올라보니 내가 할 수 있는 선택은 거의 없었다. 그렇다고 다시 올라갈 수도, 되돌아갈 수도 없는 산길이다.

한참을 묵묵히 앉아서 쉬던 우리에게 가이드는 이 모퉁이만 돌면 자기 집이라며 차 한잔하고 가는 게 어떠냐고 했다. 지친 우리를 가이드의 친절한 어머니와 식구들이 맞이했다. 자신의 침실과 주방을 내어주고 마당을 내어준 사람들의 미소는 새벽에 본 붉은 해와 같았다. 진한 레몬차와 엄청 달고 맛있는 짜이를 마시며 히말라야산을 일곱 시간 만에 내려온 마음은 평온했다.

나중에 안 사실이지만, 산은 정말 서너 시간이면 내려오는 곳이라고 했다. 단 그 가이드처럼 거기에 사는 사람들에게만 해당하는 말이었다. 산을 한 번도 가보지 않은 사람들에게는 몇 시간이 걸릴지 모르는 곳이었다. 이 산은 무엇을 일러주려고 이런 길을 열어둔 것일까. 산을 그냥 묵묵히 걷다 보면 계곡에 발도 담글 수 있고, 도깨비바늘에 찔리고, 비탈길이 삶의 터전인 사

람들도 만날 수 있다는 것을 알려주려던 걸까. 지쳐 절
뚝거리더라도 어차피 가야 할 길이라면 툭툭 털며 내
려오라는 깨달음을 얻는 여정이었을까. 그곳에 사는
사람들이 언제나 오르내리는 삶의 터전인 산이 내겐
질문의 공간으로 다가왔다.

　가이드는 끝내 팁을 받지 않았다. 자신의 집에 와
주어서 감사하다는 말을 남기고 다시 산으로 돌아갔다.

바라나시 골목길에서

배를 타고 쭉 뻗은 갠지스강을 거슬러 올라가다 보면 인도에서 가장 오래된 화장터를 만날 수 있다. 화장터 앞에 서면 저절로 삶의 의미를 생각해 보게 되고 불꽃 속으로 들어간 사람의 마지막 순간을 상상해 보기도 한다.

갠지스강의 여신에게 바치는 제사의식 아르띠 뿌자 (Arti Pooja)를 구경하다가 호텔로 돌아가는 길이었다. 바라나시 가트에서 호텔까지는 큰길을 따라 30분 정도 걸어가야 했는데, 길에는 이미 차와 오토바이 릭샤, 소, 개, 사람들이 가득했다. 그 길은 자동차와 오토바이 경적, 사람들의 고함과 거리 곳곳에서 피어오르는 먼지구름, 쓰레기를 태울 때 나는 매캐한 냄새 등으로 혼돈 그 자체였다. 이 길옆으로 그 유명한 바라나시 골목길이 미로처럼 뻗어 있었다.

낮에는 모험심과 호기심이 강한 사람에게 흥미롭고 재미있는 골목이 될 수도 있겠지만, 밤이 되면 전등빛이 아예 없어 깜깜한 바라나시 골목길은 세상에서 가장 위험한 곳이 아닐까 하는 생각이 든다. 나 역시 한 번 가본 길은 대체로 잘 기억하는 편임에도 불구하고 바라나시 골목길에서는 낮에도 반나절을 헤매며 고생한 적이 있다.

너무 많은 사람과 위험한 밤거리, 게다가 일행이 모두 여자 선생님들이라서 안전 때문에 나도 모르게 신경이 곤두섰다. 강가에서 벗어나 큰길로 막 들어서는 순간 검게 그을린 얼굴에 남루한 차림의 릭샤왈라♦가

♦ 인도의 삼륜차 릭샤를 끄는 인력거꾼을 말한다.

가까이 왔다. 외국인을 상대로 흥정과 협상을 많이 해본 듯 무표정한 얼굴로 자신과 동료들의 사이클 릭샤(rickshaw)를 가리키더니 호텔까지 안전하게 데려다주겠다고 약속했다. 처음에는 터무니없이 비싼 금액을 제안했다가 다소 내려간 금액을 다시 불렀다. 위험한 밤거리를 걸어가는 것보다는 약간의 바가지요금을 감수하고 사이클 릭샤 몇 대에 나눠 타는 게 낫다고 생각했다. 나는 맨 끝의 릭샤에 앉았다.

사이클 릭샤는 어지럽고 혼란한 거리의 사람과 차들을 피해 일렬로 보기 좋게 달리기 시작했다. 그제야 고단했던 하루의 일정이 마무리되어간다는 안도감이 찾아왔다. 호텔에서의 안락한 휴식을 상상하며 긴장의 끈을 놓고서 릭샤 의자에 깊숙이 몸을 기댔다. 바로 그때 앞에서 달리던 사이클 릭샤 한 대가 눈앞에서 순식간에 사라져 버렸다. 처음에는 '무슨 일이 일어난 거지.' 하며 머릿속이 텅 빈 것 같았는데, 어느 순간 일행 2명이 타고 있던 릭샤가 어둠 속에서 사라졌다는 것을 알아차렸다. 갑자기 온몸에 긴장감이 엄습했다. 페달을 힘껏 밟고 앞만 보고 가는 릭샤왈라를 거칠게 움켜

잡고 소리쳤다. 흥분한 채 소리 지르는 나를 가만히 쳐다보면서 눈만 끔뻑이던 인도 사내는 그 당시만 해도 인도에서 제일 듣기 싫은 말 "No Problem."만 노래하듯이 쏟아 내었다. 영문을 모르겠다며 고개를 가로젓는 사내를 앞세워 골목길로 가자고 재촉했다. 사라진 릭샤를 따라 좁고 음산한 바라나시 뒷골목으로 들어가 달리던 십여 분은 분노와 공포가 뒤섞인 복잡한 감정이 들었다.

호텔에 도착하자 사라졌던 일행들이 보였다. 가트에서부터 호텔까지 큰길이 아닌 지름길로 신나게 달린, 검게 그을리고 남루한 차림의 인도 사내도 여유롭게 나를 기다리고 있었다. 십여 분 만에 폭삭 늙은 나에게 그는 환하게 웃으며 바가지요금을 요구했다. 반가움과 분노와 기쁨과 노여움이 뒤섞인 그때의 감정은 시간이 많이 흐른 지금까지도 쉽게 잊히지 않는다. 지금 돌이켜 보면 아무 일도 아니었고 그렇게 위험하게 느낄 일도 아니었는데 아마도 처음 오는 바라나시와 나를 믿고 따라온 사람들에 대한 걱정이 조금 과했나 보다.

바라나시 골목은 위험한 미로이기도 하지만, 생각

지도 못한 지름길일 수도 있다. 삶이란 큰길처럼 단순하고 명확하게 뻗어 있지만은 않다. 어쩌면 큰길만 따라가서는 경험할 수 없는 것을 골목길에서 만날지도 모른다.

최근 사회적으로나 개인적으로 어려운 일이 많이 일어나고 있다. 마치 바라나시의 미로 같은 골목길에서 그랬던 것처럼 복잡하고 혼란스러워 불안이 찾아오곤 한다. 그때에 바라나시 뒷골목을 다니던 시기를 돌이켜 보곤 한다. 내가 두려워했던 것처럼 심각하거나 걱정할 일은 아니었다. 어쩌면 조금 편하게 의자에 기대어 가도 좋았을 시간이었다. 두려움을 받아들이는 노력이 필요할지 모른다. 그렇게 현재 이 순간 이 자리에 있다 보면, 그 끝에는 릭샤왈라의 환한 웃음이 함께 할 거라는 기대를 품게 된다. 물론 조금의 바가지요금은 감수하면서.

짜이 한잔의 위로

아침 수련을 하기 위해서 리시케시 람줄라를 건너가는 길은 히말라야에서 불어오는 바람을 온몸으로 받아들여야 하는 고행길이다. 바람의 신 '바유'의 성난 외침 같은 추위가 옷깃을 여미게 한다. 한참을 움츠리며 걷다가 짜이를 끓이는 짜이왈라를 만나면 눈물이 날 정도로 반갑다. 따뜻한 짜이 한잔이 언 몸을 녹여주며 하루를 시작하게 도와준다.

락시만 줄라*를 건너 가파른 계단을 올라가다 보면,

모퉁이 끝에서 차라디 아저씨가 파는 기막힌 짜이를 맛볼 수 있다. 아침저녁으로 맛보던 그 맛을 잊을 수가 없어 한번은 차라디 아저씨에게 몇 시간 동안 짜이 만드는 법을 배우고, 아저씨의 재료를 얻어서 한국으로 돌아온 적이 있다. 사람들에게 인도 본연의 짜이를 맛보게 해주겠다며 큰소리를 치고 그 재료 그대로 짜이를 만들었다. 하지만 락시만 줄라 모퉁이에서 마시던 그 맛이 나지 않았다. 분명 알려준 그대로 끓였는데 기대처럼 되지 않았다.

다음 해에 리시케시로 향했을 때는 좀 더 긴 시간 동안 공들여 짜이 만드는 법을 배웠다. 다른 건 다 같았는데 딱 한 가지, 차라디 아저씨는 생강을 맨들맨들한 돌로 으깨고 무심한 듯 짜이 통에 던져 넣었다. 그것을 발견한 날, 나는 갠지스강으로 달려가 가장 예쁘고 반들거리는 자갈 두 개를 골라 한국으로 다시 돌아왔다.

◆ 인도 북부 히말라야산 기슭의 '요가의 고향'이라고 불리는 리시케시에는 갠지스강이 흐르는데, 아랫마을에는 람(형) 줄라 다리가 있고 윗마을에는 락시만(동생) 줄라 다리가 있다.

갠지스강의 신성함이 짜이 맛을 내는 비법인지도 모른다는 생각을 했다. 사람들에게 다시 큰소리로 제대로 된 짜이 맛을 보여 주겠다며, 자갈을 꺼내 들고 생강을 으깨서 짜이를 끓였다. 이번에도 결과는 같았다. 내가 한국에서 끓여 먹는 짜이는 왜 차라디 아저씨의 짜이와 다른 맛이 나는 것일까?

인도에서 주로 마시는 향신료가 가미된 밀크티를 마살라 짜이라고 한다. 인도 전 지역 어디를 가나, 모든 사람이 즐겨 마시는 짜이지만, 짜이에 얽힌 역사는 결코 유쾌한 이야기는 아니다. 인도 사람들이 지금처럼 차를 마시는 문화가 있었던 건 아니다. 관습으로 굳어진 건 불과 이백여 년 전, 영국의 식민지 때 일이다. 1830년 이후 영국 동인도회사가 아삼 지방의 야생 차나무를 발견하고 중국산 차 대신 경작하면서 차 문화가 시작되었다. 그러던 어느 날 찻잎이 너무 많이 생산되어 재고가 쌓여 가자 홍차 잎 가격이 폭락했다. 인도 차 협회는 인도 전역에 대대적인 차 마시기 캠페인을 벌였다. 그전까지는 영국문화에 호의적인 인도 귀족들만 마신 차를 공장 노동자들이 쉬는 시간에 마시도록 의무화

했다. 철도 건설 사업에 박차를 가하는 사회 분위기와 맞물려 철도역 중심으로 홍차를 판매하는 가게와 '짜이 왈라'라 부르는 홍차 노점상도 대거 등장했다. 인도인은 점점 차에 빠져들게 되었다.

초반에는 영국식으로 우유와 설탕이 첨가된 밀크 티가 만들어졌는데, 대중에게는 상대적으로 비싼 찻잎 때문에 우유와 설탕을 많이 넣고 향신료를 첨가하면서 오늘날과 같은 마살라 짜이가 탄생했다. 마살라 짜이는 우유와 물을 일대일로 섞어 공차 가루를 넣고 끓이면서 계피와 생강, 후추, 팔각, 정향, 감초, 박하 등의 향신료를 섞은 다음 설탕으로 단맛을 낸 후 팔팔 끓여 만든다. 비교적 손쉽게 만들 수 있는데, 향신료에 따라 지방마다 맛이 조금씩 달라지기도 한다.

지금은 시골 마을이나 가야 접할 수 있는 풍경이지만, 예전에는 짜이를 황토로 빚어 말린 도기잔에 따라 마셨다. 도기잔은 매우 약하기 때문에 마시고 바로 버려도 금방 바스러져서 흙이 된다. 어쩌다가 잘못 만들어진 도기는 짜이의 뜨거운 온도 때문에 금방 구멍이 났는데 그 사이로 짜이가 흘러 난처했던 기억도 난다.

참 낭만적인 이야기처럼 보이지만, 여기에도 슬픈 진실이 하나 숨어 있다. 카스트 제도가 아직 남아 있는 시골 마을에는 계급이 낮은 불가촉천민들이 마시던 잔에 다시 입을 댈 수가 없어서 바로 버릴 수 있는 도기잔을 사용하기 시작했다고 한다. 도기잔으로 짜이 한잔을 마시고 바로 잔을 깨트리며 알 수 없는 희열과 재미를 느꼈는데, 거기에는 카스트 제도에 의한 차별이 깃들어 있었다.

지금은 인도에서도 대부분 종이나 플라스틱으로 된 일회용 잔을 사용한다. 사실 날이 갈수록 환경오염이 심해지는데 썩지 않는 일회용 컵보다는 도기잔을 사용하면 좋겠다.

날이 점점 더 추워질수록 많은 사람이 따뜻한 음료를 즐겨 찾거나 마신다. 짜이는 나에게 따뜻함과 안식을 주며 평화를 주는 자연의 선물인 것이 분명하다. 그렇다면 나도 할 수 있는 만큼 자연을 생각해야 하는 의무가 있다.

이제 인도로 다시 떠날 예정이다. 처음으로 개인 컵을 가지고 가기로 결심했다. 예전부터 생각만 해오던

것을 행동으로 옮겨 보려 한다. 그리고 내가 전에 갠지
스강에서 들고 왔던 자갈 두 개를 가지고 출발하려고
한다. 그 자리에 다시 두기 위해. 평화와 함께….

요가울림

네팔 카트만두에서의 생활은 단순했다. 아침에 일어나 간단한 조식을 먹고 타멜 거리를 걷다가 싱잉볼이 많은 상점에 들어가서 싱잉볼을 두드리며 좋은 소리를 찾아내는 것이다. 상점이 많은 만큼 좋은 싱잉볼을 골라내려면 시간이 필요했다. 인내심을 가져야 했고 발품을 팔아야 했다. 그나마 홍콩에서 온 라차드 선생과 말레이시아의 싱잉볼 마스터 조찬 선생이 도와주어서 조금은 수월하게 카트만두 골목골목을 누비며 싱잉볼을 찾아다닐 수 있었다.

가장 인상적인 곳은 아주 오래전에 만든 싱잉볼을 아무렇게나 방치해 놓은 창고였다. 그곳은 복잡한 타멜 지구를 벗어나서 네팔의 성스러운 바그마티강 한쪽 모퉁이 마을에 있었다. 상점 주인은 마스크와 위생장갑을 내게 건넸다. 창고 안은 오랜 세월 사람이 찾지 않아 적막감과 눅눅함, 오래된 먼지 냄새로 가득했다. 싱잉볼은 들어오는 입구부터 방마다 포댓자루에 이리저리 쌓여 있거나 어설프지만 단단해 보이는 선반에 흙먼지를 가득 머금고 진열되어 있었다. 그 싱잉볼을 본 순간 어느 왕조의 유물을 찾은 것 같은 묘한 기분도 들었다. 싱잉볼을 하나하나씩 들춰 보고 꺼내 보면서 두드려 보는데, 긴 세월을 가만히 기다리고 있었을 무게가 전달되었다. 오래된 싱잉볼은 가벼웠지만, 울림은 아름답고 깊었다. 아주 오래전 이 싱잉볼을 만들 때 부른 만트라가 들리는 것 같았다.

싱잉볼의 기원은 부처시대로 거슬러 올라가지만, 티베트에서 싱잉볼은 8세기 불교의 위대한 스승 파드마삼바바 스님이 탄트라 불교를 인도에서 티베트로 소개하면서부터 시작되었다고 전해진다. 티베트 승려가 생을 마칠 때 유일하게 남기는 것이 옷 한 벌과 싱잉볼인데, 사람들이 스님에게 음식을 시주하면 스님은 싱잉볼에 담아 먹었다. 그리고 보답으로 만트라를 외우며 싱잉볼을 두드리거나 문지르면서 축원과 축복을 해줬다고 한다.

싱잉볼은 그릇처럼 생긴 종으로 각기 다른 고유한 진동 헤르츠(Hz)를 만들어내고 차크라별로 다른 주파수를 가지고 있다. 이 고유한 주파수는 차크라별로 에너지의 각성을 도와준다. 싱잉볼은 주석, 납, 수은, 은, 금, 철, 구리, 총 7개 금속으로 만든다. 이는 태양계에 속해 있는 태양, 달, 목성, 화성, 토성, 금성, 수성을 상징하기도 한다. 우리 몸의 7개 차크라를 나타내기도 하는데, 각 차크라에 맞게 조율된 싱잉볼은 차크라에 영향을 주며 치유하거나 안정감을 주는 데 효과가 있다.

고대에서는 운석을 넣어 우주의 에너지를 채워 싱잉볼을 만들었다고 전해지기도 한다. 보름달이 뜨는 날 달의 기운과 에너지를 받아 만든 싱잉볼은 풀문 싱잉볼이라고도 부른다. 풀문 싱잉볼은 은과 금의 함량을 더 많이 넣어서 4가지 금속으로만 만들기도 한다. 한 명이 뜨거워진 금속을 집게로 잡고 있는 동안 두세 명이 번갈아 가며 싱잉볼을 두드리고 만트라를 외우면서 만들기도 한다. 이렇게 만들면 치유의 힘이 있는 싱잉볼이 탄생한다고 한다.

인체의 70%는 물로 이루어져 있다. 싱잉볼을 두드리거나 문지를 때 나오는 각 주파는 물로 이루어진 인체에 진동을 일으키고 에너지센터인 차크라에 영향을 준다. 만약 에너지센터에 문제가 생겼다면 싱잉볼의 진동이 안정적인 파장을 일으켜 몸과 마음의 긴장을 풀어준다. 스트레스나 부정적인 생각은 건강한 에너지의 흐름을 막는데, 이는 곧 육체적으로나 정신적으로 우리 몸에 질병을 일으킬 수 있다. 싱잉볼의 진동은 우리 몸에 공명을 일으켜 에너지의 흐름을 다시 열어주고 깨진 균형을 건강한 상태로 돌려준다. 특히 몸에 올려 두고 쳤을 때 그 진동은 만다라 패턴을 만들어 치유효과가 높다고 한다.

싱잉볼은 무엇보다 직접 두드려 보고 자신에게 맞는 것을 구하는 게 좋다. 자신과 맞는 울림이 있고 에너지가 있기에 스스로 느끼는 것이 참 중요하다. 아직 우리나라에서는 싱잉볼을 볼 수 있는 곳이 많지 않다. 일단 네팔이나 인도에서 사 오는 수밖에 없는데, 개인적으로 사 오다 보니 값이 현지보다 많이 비싸진다. 좋은 싱잉볼이 많이 들어와서 명상과 치유의 효과가 널리 알려지기를 소망해 본다.

해피 디왈리

디왈리(Diwali)는 '불의 행렬, 빛줄기'를 뜻하는 산스크리트어 '디피발리(dipavali)'에서 유래되었다고 한다. 선이 악을 이긴다는 의미이며, 빛이 어둠을 이긴다는 뜻이다. 디왈리 축제가 언제부터 시작되었는지는 알 수 없지만, 고대 인도 신화에서부터 언급되었으니 아주 오래된 역사를 가진 건 분명하다.

유지의 신 비슈누의 화신인 라마(빛)와 그의 헌신적인 원숭이 신 하누만이 랑카의 왕 라바나(어둠)를 물리치고, 부인 시타를 구해서 돌아오는 날을 기념하는 축제이다. 아요디야 왕국으로 돌아오는 길목에 수많은 등불을 켠 이야기에서 축제가 시작되었다.

인도 사람들은 디왈리를 새해의 시작처럼 여기는데, 집과 가게를 깨끗이 청소한 다음 수많은 작은 등불을 밝히고 새 옷을 입으며 식구들이 모두 모여서 신에게 감사의 기도를 드린다. 그리고 서로 선물을 전달하며 축복한다.

몇 해 전 리시케시 거리는 디왈리 축제로 번잡스러웠다. 거리마다 촌스러운 조명을 달아 어수선했는데, 그나마 작은 양초와 꽃장식들이 어우러지면서 축제의 분위기를 살리고 있었다. 문제는 시도 때도 없이 터지는 폭죽이었다. 사람이 바로 앞으로 지나가든 말든, 어른이고 아이이고, 남자든 여자든, 모두 폭죽을 터트리며 소리를 질러 댔다. 사람이 많은 인도에서는 신에게 자신의 위치를 알리려고 폭죽을 터트린다고 한다. 폭죽이 더 크고 화려할수록 신이 자신을 더 잘 볼 수 있을 거라고 믿었는데 설마 신이 사람들의 위치를 몰라서 축복을 내려주지 않겠는가. 인도의 문화이니 이해하려

했지만, 나흘 넘게 들으니 짜증이 났다.

자정을 넘어 새벽까지도 이어지던 폭죽 소리에 잠을 설친 다음 날 아침 축제의 열기가 수그러진 락시만 줄라 골목길을 걸었다. 음식점과 짜이 파는 노점이 있고 티베트에서 온 옷가지, 여러 가지 요가용품을 파는 상점이 즐비한 골목길은 언제나 흥미롭고 눈과 입을 즐겁게 한다. 더군다나 인도의 신을 형상화한 신상들을 파는 상점에서는 시간 가는 줄 모르고 푹 빠져 구경하게 되었다. 상점 안쪽에서 허리만큼 오는 시바 신을 오래 어루만지고 있을 때 나이가 들어 보이는 인도 남자가 말을 걸어왔다.

"하리 크리슈나♦, 크리슈나 신을 좋아하는구나."

이 신상은 누가 봐도 시바 신이라고 생각하며 어깨를 으쓱해 보였다.

"아, 이건 시바 신이에요. 전 신들을 다 좋아해요."

나는 미소를 띠며 말했다. 그러자 그는 누런 이를 내보이며 말했다.

♦ 당신의 고통을 신이 제거해주기를 바란다는 뜻이다.

179

"아니야. 이 신상은 크리슈나야. 크리슈나"

어이가 없었다. 아무리 내가 외국인이고 인도인보다 신에 대해서 모른다고 해도 크리슈나와 시바 신은 구별할 줄 안다고 웅얼거렸다. 열 번이 넘는 인도 여행과 신화 공부로 이제는 어느 정도 신들이 눈에 익어서 신상뿐 아니라 그림을 봐도 시바와 크리슈나는 물론이고 락슈미, 파르바티, 사라스와티, 칼리, 두르가, 쿤달리니◆를 비롯해 웬만한 신들은 대충 구별할 수 있었다. 나는 그에게 아주 차분한 목소리로 말했다.

"이 신상은 시바 신이에요. 봐요. 타잔처럼 옷을 입었으며 삼지창도 들었고 헝클어진 머리와 허리에 뱀도 있어요. 요가의 신답게 명상 포즈를 취하고 있잖아요. 분명 시바 신이에요. 나는 인도 신화를 공부해서 어느 정도는 신들을 구별할 줄 알아요. 저를 놀리시는 건 아니죠?"

◆   락슈미   유지의 신인 비슈누의 아내로 부와 평화의 여신이다.
    파르바티   파괴의 신 시바의 아내로 가네샤와 스칸다의 어머니이다.
    사라스와티   창조의 신 브라만의 아내로 학문과 문화의 여신이며 세상의 어머니로 불린다.
    칼리   파르바티의 여러 모습 중 하나이며 죽음의 여신이다.
    두르가   파르바티의 여러 모습 중 하나이며 전쟁의 여신이다.
    쿤달리니   신의 모습이라기보다는 인간 안에 잠재된 여성적 에너지로 표현되는데 '감겨진'이라는 뜻이다. 쿤달리니의 몸체는 뱀의 모습처럼 둘둘 말려 있고 날개가 있으며 여신의 얼굴로 표현한다.

조목조목 유머까지 섞어가며 설명했는데, 그 남자는 여전히 뚱한 얼굴로 나를 쳐다보더니 이렇게 말했다.

"너는 신을 잘 구별한다면서 정말 아무것도 구별하지 못하는구나. 이 신상은 크리슈나 신이야. 그건 분명해. 다른 이름이 있다면 그건 시바 신이겠지. 또 다른 이름이 있다면 브라만이고 비슈누일 거야."

이건 또 무슨 말인가.

"이 세상에 신은 오직 하나야. 그건 진리고 진실이지. 하지만 다른 이름들로 불릴 뿐이야. 세상은 자기가 부르고 싶은 대로 신을 부르지만, 결국 본질은 하나야. 그래서 이 신상은 크리슈나야. 너는 네가 부르고 싶은 대로 부르면 되는 거야."

그러면서 누런 이가 보이도록 환히 미소 짓더니 이렇게 말하고 가버렸다.

"해피 디왈리(Happy Diwali)."

나는 한참을 멍하니 그 자리에서 서서 크리슈나라 불리는 시바 신을 바라보았다. 그 순간 바로 앞에서 폭죽이 터지며 자욱한 연기가 피어오르기 시작했다. 이곳은 각자의 신을 부르는 사람들로 가득하다.

괜찮아,
신이 함께하시니

갠지스강은 타지인인 내게도 신비한 곳이다. 이런 이
야기가 있다.

아주 옛날 이 땅에 가뭄이 심해서 온 세상의 물이
마르고 풀과 나무 그리고 동물과 사람들까지도 마실
물이 부족해졌다. 상황은 점점 심해져 인류가 멸망할
지도 모르는 사태까지 진행되었을 때 사람들은 신에
게 기도하기 시작했다. 신들도 난처하기는 마찬가지

였는데, 도무지 인간 세상에 비를 내릴 마땅한 방법이 없었던 것이다.

천상에는 '강가'♦라는 강의 여신이 있었는데 덕분에 천상은 항상 아름다운 강이 흘렀고 언제나 강물은 충분했다. 강가 여신은 신들에게 자신이 지상으로 내려가는 건 어떻겠냐고 물었다. 자신과 하늘의 강이 내려가면 사람과 동물들은 가뭄에서 벗어날 수 있을 것이고 앞으로도 지상에서는 가뭄 때문에 고통을 받지 않을 거라고 이야기했다. 신들은 좋은 생각이라며 기뻐했고 다들 한숨을 돌렸는데, 문제가 하나 더 있었다. 천상의 강물은 너무 크고 위대해서 갑자기 저 많은 강물이 지상으로 떨어진다면 오히려 천상의 강 때문에 세상이 멸망할 수도 있었다. 신들은 다시 머리를 맞대고 고민하기 시작했지만, 뾰족한 해답을 찾을 수가 없었다. 그때 이런 상황을 전해 들은 시바 신이 나타났다. 시바 신은 강가 여신을 축복해주고 자신이 천상의 강물을 지상으로 안전하게 옮겨 놓겠다며 신들을 안심시

♦　힌두교에서 강의 여신을 이르는 말, 갠지스강을 신격화한 것이다.

켰다. 시바 신은 곧 히말라야산 위로 올라가 자신의 긴 머리카락을 히말라야 밑으로 흩어지게 했다. 히말라야 산맥에는 시바 신의 머리카락이 드리워졌고 곧 천상의 강물이 머리카락을 타고 히말라야산맥에서 지상으로 천천히 흘러내렸다. 천상의 강은 시바 신이 도와주어 지상으로 내려왔고 '갠지스강' 또는 '강가'라는 이름으로 불리며 사람들과 세상을 보호하고 있다고 한다.

그런 성스러운 강이니 리시케시에서 래프팅을 하자고 했을 때 나는 얼굴을 찌푸렸다. 그런데 계곡 사이에서 요가 수련을 하거나 골짜기에서 명상을 하는 요기를 만날 수 있다는 말에 혹해서 신청하고 말았다.

지프차는 아찔한 낭떠러지 사이를 몇 번이나 거침없이 달렸다. 비포장도로의 흙먼지를 몇 시간 동안 뒤집어쓰고 올라가면서 한국에서도 안 하는 래프팅을 인도까지 와서 왜 하겠다고 했는지 모르겠다며 투덜댔다.

히말라야에서 내려오는 물은 몹시도 차가웠다. 아직 한낮의 햇볕이 제법 따가운 데도 리시케시의 초겨울은 춥고 강물은 매우 차가워 몸을 굳게 만들었다. 히말라야의 눈과 얼음이 녹아 내려오는 강물이니 차가운 것은 당연했고 그 얼음물 속에서 래프팅을 하려니 심란했다. 그 후 세 시간은 이루 말할 수 없는 고행의 시간이었다. 뼛속까지 시린 차가운 강물을 온몸에 몇 번이고 뒤집어써야 했다. 보트가 뒤집힐 뻔한 고비를 몇 번이나 넘겼으며 잔잔한 물가에서는 오돌오돌 떨면서 '이 또한 지나가리라.'를 여러 번 되새겼다. 평화로운 요기의 모습을 보기는커녕 보트에서 히죽히죽 웃고 있는 가이드의 멱살을 잡고 싶은 심정이 되기도 했다.

지금도 매년 리시케시에 가면 래프팅을 하고 작은 아쉬람의 사두와 움막 옆 바위에서 연꽃자세◆로 앉아 명상을 하는 요기의 모습을 보며 평화를 느끼곤 한다. 하지만, 첫 래프팅에서는 춥고 배고픈 기억뿐이었다.

두 시간을 떨며 내려오다 보면 아주 커다란 바위가 보이는데, 그곳에서 근처 현지인 몇 명이 간이휴게소를 운영하고 있었다. 말이 휴게소지 그냥 천막 하나로 그늘을 만들어 짜이와 카레라면과 비스킷 등을 파는

◆　앉아서 오른발을 왼쪽 허벅지 위에, 왼발을 오른 허벅지 위에 얹은 결가부좌 자세이다.

곳이다. 추위와 굶주림에 떨던 사람들에게는 세상에서 가장 맛있는 라면을 먹을 수 있는 곳이기도 하다. 적어도 인생 최고의 라면을 먹으려면 얼음물에 빠져 두 시간 동안 떨다가 나와 먹으면 된다는 사실을 확인한 곳이기도 했다.

아무튼 다 젖은 몸으로 한참 라면을 호호 불며 먹다가 문득 드는 생각이 있었다. '어디서 물을 가져다가 끓이는 것일까?' 여건상 인도 사람들이 깨끗한 물을 이고 지고 숲과 밀림을 헤치고 올 거라고는 생각할 수 없었고 여기에 물이라고는 사람들이 버린 하수와 둔탁한 석물인 어머니 강물밖에 없는데. 나는 라면을 먹으며 뿌연 갠지스강을 바라보았다.

바라나시의 갠지스강은 이렇다. 화장터에서는 계속 시신을 화장해서 강물에 떠내려 보내고, 또 한쪽에서는 도비왈라◆가 빨래를 하고, 또 한쪽에서는 소와 개들이 소변을 본다. 뿌자를 하는 사두는 기름을 강물에 뿌리

◆ 인도의 빨래만을 업으로 삼고 사는 빨래꾼을 지칭하는 단어. 이들은 매일 16시간 이상 빨래를 하지만 턱없이 적은 돈을 받으며 빈곤하게 살아가고 있다. 도비왈라들은 가난한 생활로 교육을 받지 못하며 결혼 후 이들의 자녀도 도비왈라로 살아가게 된다. 카스트라는 신분제도에서 시작된 이 도비왈라는 가장 낮은 계급(에도 속하지 못하는) 불가촉천민으로, 1947년 카스트제도가 폐지되었는데도 관습에 의해 여전히 이런 생활을 벗어나지 못하고 있다.

고, 사람들은 꽃으로 장식한 '디아'라는 등에 불을 붙여 소원을 빌며 강으로 보내는데 그 모든 것이 모이고 흘러서 갠지스강이 된다. 아이들은 물장난을 치며 놀고 순례자는 그곳에서 경건하게 자신의 몸을 씻고 그 물을 마신다. 외국인이며 타지인인 나는 의문이 든다. '그래도 괜찮은 걸까?'라고. 하지만 고개를 끄덕인다. 강은 흐르고 있고, 그들 곁에는 신이 함께하고 있으니.

매트 밖으로

인도 북부 하르드와르로 가는 길 중간에는 람데브
(Ramdev)가 살고 있다. 그는 국제적으로 유명한 요가
지도자이다.

처음 그의 아쉬람을 방문했을 때 안내자는 람데브
가 새벽 3시에 일어나서 10킬로미터 정도를 뛰어와 새
벽 수련을 주최하고 다시 10킬로미터 정도 뛰어간다는
이야기를 들려주었다.

람데브는 2012년 인도의 정치인과 엘리트들이 25조

의 돈을 해외에 비자금으로 은닉하고 있다고 시위를 했다. 그의 시위로 인도는 물론이고 전 세계에 이 사실이 알려졌다. 인도에서 요가 지도자와 수련자들이 시위를 하는 경우는 정말 이례적인 일이라고 한다. 나도 처음 그의 시위가 낯설고 의아했는데, 아쉬람 투어를 통해 만난 그의 철학과 생각을 이해하게 됐고 공감하게 되었다.

요가를 수련하는 사람들이 정치적인 문제를 드러내고 앞에 나서는 것이 어울리지 않는다고 여기는 이들도 있다. 아무래도 요가는 자아를 다스리며 내면으로 향하는 수련을 중요하게 생각하기 때문일지도 모른다.

그런데 북미 요가계는 정치적인 참여에 대한 토론을 활발히 하고 있다. 2011년 빈부격차의 심화와 금융기관의 부도덕성에 항의하며 미국 월가를 중심으로 일어난 시위에 요가인들이 참여했다. 시위에서 요가매트를 하늘 높이 던진 일은 신선한 충격을 주었다.

세계적인 요가 지도자 뱁티스트는 오래전부터 아프리카 요가 프로젝트라는 행사를 통해 빈민과 매춘부, 고아 그리고 범죄자에게 요가 지도자가 될 수 있는 길을 열어 주고 있다.

물질적인 후원을 하는 것이 아니라 아프리카 사람들이 직접 요가를 가르치며 자립할 수 있도록 요가선생님으로 길러내는 프로젝트이다. 이 프로젝트를 통해서 해마다 어려움에 처한 많은 사람이 요가 지도자로 거듭나고 있다. 우리나라에서도 10년 전 글로벌 요가말라 프로젝트를 통해서 아프리카 요가 프로젝트에 후원한 적이 있다.

발리 스피릿 페스티벌은 지역사회를 살리자는 취지로 시작되었다. 인도네시아 발리 우붓 지역의 경제활동을 지원하고 발리 전 지역의 자연환경 보호와 복구, 그리고 그린스쿨을 비롯한 교육 사업을 돕고 있다. 현재 발리 스피릿 페스티벌은 세계적인 요가 행사이자 성공적이고 모범적인 사회참여 행사로 거듭나고 있다.

이렇듯 요가인들은 현재 사회적 담론에 대한 문제의식을 키우고 이를 행동으로 옮기며 실천하고 있고, 이를 뒷받침하는 이론도 활발하게 체계화하는 중이다.

이런 사회 참여에서 우리가 중요하게 생각해야 할 점은 무엇일까? 난 다양성이라고 생각한다. 요가의 고

전적 측면과 현대적 측면을 조화롭게 어우르는 것처럼 다양성을 추구해야 한다. 이것이 요가하는 마음이고 요가인이 밖으로 드러내고 추구해야 하는 바이기도 하다.

우리가 처한 현실을 바라보는 시선은 꼭 필요하다. 매트 밖으로 나가는 일이 어쩌면 현대 요가에서 가장 절실하게 필요한 부분이 아닐까 하는 생각도 든다. 이론과 실천은 어우러져야 한다. 우리나라에서 진행하고 있는 글로벌 요가 말라 프로젝트뿐만 아니라 여러 행사가 현실적인 사회문제에 대해서 좀 더 적극적으로 참여했으면 좋겠고 나도 도움이 필요한 곳으로 달려가서 능동적으로 부딪히고 싶다.

세상은 모두 연결되어 있다. 항상 우리는 이 모든 문제에 대해서 열린 마음을 가져야 한다. 이것이 현대 요가의 가장 중요한 일부분이자 우리의 '다르마'◆이다.

◆ 일반적으로 이 책에서 나오는 다르마는 나와 사회가 해야 할 의무인데, 특히 내 자신이 해야 할 개인적이며 도덕적인 의무를 강조하고 있다.

노래를 불러라.
내가 계속 춤출 수 있게

요가 수련을 하는 선생님들에게 내가 꼭 들려주는 이
야기가 있다. 고빈다(Govinda), 다모다라(Damodara),
마다데비(Mataveri)는 모두 크리슈나 신을 부르는 다
른 이름이다. 동시에 크리슈나 신을 묶을 수 없다는 것
을 뜻하기도 한다. 우리가 아무리 신을 찾아 붙잡으려
해도 신이 우리에게 오는 것이지, 우리가 신에게 가는
것이 아니라는 뜻이다. 이 뜻을 이해할 수 있는 이야기
가 있다.

유지의 신 비슈누가 지상에 내려가기로 결심했다. '크리슈나'라는 이름으로 여덟 번째 내려온 비슈누의 어린 시절 이름은 '고빈다'이다. 고빈다는 엄청난 장난꾸러기라 그의 장난으로 인해 집마다 장독대가 깨지고 담장은 허물어지기 일쑤였다. 과일들은 익기도 전에 뭉개졌으며 양과 소들은 놀라 도망을 다녀서 이웃들은 매일 고빈다의 부모에게 찾아와 항의를 했다. 어머니도 고빈다가 비슈누 신의 화신이며 장차 크리슈나가 될 것을 알고 있었지만, 당장 고빈다의 장난을 참을 수가 없었다. 어느 날 어머니는 고빈다를 아주 긴 밧줄로 묶으려고 결심했다. 그런데 한 뼘이 부족했다. 다음 번에 어머니는 긴 쇠사슬로 고빈다를 묶으려고 했는데 또 한 뼘이 부족했다. 더 긴 것으로도 묶으려 했지만, 늘 한 뼘이 부족했다. 고빈다의 어머니는 깨달았다. 고빈다는 묶을 수 있는 존재가 아니라는 것을, 신을 묶을 수 없다는 사실을.

빌바 망갈라는 브라만 집안에서 태어났다. 마을에서 가장 큰 부자이자 덕망 있는 집의 아들이었고 경전

공부도 열심히 해서 마을 사람들에게 인정받는 건실한 청년이었다.

어느 날 그는 강 건너 아름다운 집에 살고 있는 친타모니라는 매춘부를 보고 반해버렸다. 망갈라는 그녀를 잊을 수가 없었고 매일 그녀를 찾아가기 시작했다. 친타모니는 매일 찾아오는 망갈라가 부담스러웠고 브라만 가문에 부족함이 없는 망갈라가 자신과 어울리지 않는다고 느꼈다. 하지만 망갈라는 자신이 그녀를 충분히 사랑한다면, 신분의 차이는 뛰어넘을 거라 생각했다. 친타모니는 망갈라에게 매주 딱 한 번 정해진 날, 정해진 시간에만 만나자고 했다.

어느 비바람이 몰아치던 날, 망갈라의 아버지가 중한 병에 걸려 돌아가셨다. 마을 사람들은 장례 준비를 시작했고 멀리 이웃 마을 사람들까지 장례식을 도와주려고 몰려왔다. 그런데 상주인 망갈라는 깊은 고민에 빠지고 말았다. 그날은 친타모니에게 가기로 한 날이었기 때문이다. 분주한 사람들 틈에서 망갈라는 고개를 푹 숙이고 한참 동안 고민했는데 모두 망갈라가 슬퍼서 그러는 줄 알았다. 갑자기 망갈라가 일어나 강으로 뛰기 시작했다. 아버지의 장례야 어찌 되었든 그녀를 만나러 가기로 결심한 것이다. 비는 더 세차게 내렸고 바람까지 거칠어지더니 거대한 태풍이 몰아닥쳤다.

강에 도착한 망갈라는 배와 사공을 찾았지만, 폭우 때문에 강은 범람하기 직전이었고 배와 사공은 보이지 않았다. 망갈라는 무작정 강으로 뛰어 들어갔다. 거센 물살에 한참을 떠내려가다 운이 좋게도 통나무 한 조각을 잡고 조금씩 물 위로 올라왔다. 겨우겨우 헤엄쳐 올라와 보니 그가 잡고 올라온 것은 통나무가 아니라 죽은 사람의 몸이었다. 놀라서 숨이 멎을 것 같았지만, 망갈라는 이 세상 어떤 것도 자신을 막을 수 없다며 두려움을 떨쳐냈다.

비바람을 헤치고 뛰어가 친타모니 집 앞에 도착했지만 불은 꺼져있고 문은 잠겨 있었다. 망갈라는 문을 세차게 두드려 보았지만, 천둥과 번개까지 쳐 안에서는 그 소리가 들리지 않았다. 망갈라는 지체 없이 가시덩굴로 가득한 담을 기어올랐다. 발을 계속 헛디뎠고 미끄러져 급한 대로 눈에 띄는 나뭇가지를 잡았다. 정신을 차리고 보니 그가 잡은 것은 거대한 코브라였다.

어쩐 일인지 그는 코브라에게 물리지 않았다.

놀란 마음을 가다듬고 그는 담장을 넘어 그녀의 방으로 향했다. 비에 젖어 옷은 늘어졌고 얼굴과 몸은 담을 넘어올 때 가시에 찢겨 피투성이 상태였다. 그런 망갈라를 본 친타모니는 너무 놀랐다. 그녀는 망갈라의 아버지가 돌아가신 것을 알고 있었기에 그가 자신의 집에 오리라고는 꿈에도 생각하지 못했다. 그녀는 그를 방 안에 들이지도 않은 채로 그에게 물었다.

"도대체 여기서 뭐 하고 있는 거예요?"

그러자 그는 이렇게 대답했다.

"당신을 사랑하기 때문에 왔어요. 어떤 것도 날 막을 수는 없어요."

"당신 아버지가 돌아가시지 않았나요?"

"네, 그건 우리 사랑의 하나의 장애물일 뿐이에요. 난 그 장애물에서 벗어났어요. 모르겠어요? 내가 당신을 얼마나 사랑하는지?"

그를 한참 바라보던 그녀는 이렇게 말했다.

"당신은 참 어리석군요. 만일 당신이 나를 사랑한다고 생각한 만큼 신을 사랑했다면, 당신은 신이 되었을 거예요. 지금 당신은 정말 물에 빠진 생쥐 꼴이군요."

그녀가 그렇게 말했을 때 망갈라는 그가 거쳐온 1000번의 삶이 이 매춘부를 통해 자신에게 속삭이는 듯한 느낌을 받았다. 마치 그녀의 말이 신의 목소리처럼 들려왔던 것이다. 그는 뒤돌아 걸어 나갔다.

망갈라는 집을 떠나 사두로 살아가기 시작했다. 수행을 하기 위해 히말라야산으로 올라갔다. 오랜 세월이 흘렀고 어느 정도의 경지에 올라간 그는 스와미♦가 되었다. 산에서 내려와 매일 마을을 돌아다니면서 노래를 하고 사람들에게 신에 대한 이야기를 들려주었다. 그는 점점 더 많은 사람에게 위대한 스와미로 알려졌다.

비가 많이 오던 어느 날, 망갈라는 비를 맞으며 한적한 산길을 걷다가 한 젊은 부부를 길에서 만났다. 젊은 부부는 단번에 그가 위대한 스와미라는 걸 알아차렸고 기거할 곳이 없으면 자신의 집에 묵으라며 정성

♦ 스와미는 일반적으로 출가한 힌두교 승려를 말하고, 스와미지는 존칭어로 큰 스님을 높여 부르는 말이다. 오랜 수행으로 깨달음을 얻은 스승님을 높여 부르는 말이기도 하다.

껏 음식과 잠자리를 준비하겠다고 했다. 그는 그러겠다고 하고 그들의 집으로 향했다. 식사를 할 때 그는 부인에게서 눈을 뗄 수 없었다. 이내 저녁 식사 자리는 불편한 분위기가 되었고 남편은 그에게 물었다.

"부족하지만, 저희 부부는 당신이 원하는 것이면 뭐든지 해주었습니다. 하지만 당신께서는 이야기하시는 동안 계속 제 아내의 얼굴을 보시는데, 도대체 왜 이러시는지 의도가 무언가요? 저는 어찌해야 할지 모르겠습니다."

그 순간 망갈라는 깨달았다. 단순한 노동을 하는 인간이 자신보다 더 성스럽다는 것을. 망갈라는 남편에게 말했다.

"한 가지 부탁이 있습니다. 단 한 순간만 당신의 부인과 한 공간에 있고 싶습니다."

그러자 남편은 말했다.

"무슨 말을 해야 할지 모르겠군요. 아내와 이야기해보겠습니다."

그들은 그의 부탁에 대해 이야기했다. 그렇게 나쁜 분은 아닐 테니 스와미의 부탁을 들어주자는 부인의 의견대로 결국 망갈라와 부인은 한 방에 있게 되었다. 망갈라는 젊은 부인에게 좋은 이야기를 많이 해주었다. 그 부인은 검고 찰랑거리는 긴 머리를 길고 뾰족한 비녀 두 개로 묶었는데, 망갈라는 부인에게 그 비녀를 달라고 부탁했다. 부인은 값비싼 비녀가 아니라며 비녀를 주었다. 그는 고맙다고 인사를 하고 부부를 축복해주며 집을 나왔다.

늦은 밤이 되었고 비는 더 세차게 내렸다. 망갈라는 빗속으로 걸어갔다. 한적한 산길에 바위가 나타나자 그는 그 바위에 털썩 앉아서 품속에서 비녀 두 개를 꺼내 바라보았다. 한참을 그렇게 앉아 있다가 그는 비녀 두 개로 자신의 두 눈을 찔렀다. 절망스러웠고 슬펐다. 십 년이 넘는 시간을 치열하게 열심히 수련하여 마음속에 영적인 기운을 가득 담았는데, 그의 눈과 다른 감각들은 그를 그 반대의 세계로 끌고 갔기 때문이다.

그는 그 후 장님이 되어 신의 이름으로 노래를 불렀다. 그리고 신성한 장소들을 떠돌다가 크리슈나가 태어난 도시 브린다반(Vrindavan)으로 향했다.

그는 마을 입구를 들어가는 길에 한 소년을 만났다.

소년은 그에게 이렇게 말했다.

"오, 할아버지, 노래가 정말 좋은데 계속 불러 줄래요? 우리 가족이 이 마을에서 양과 소를 기르는데 매일 신선한 우유와 빵을 가져다드릴게요. 마을에 머물면서 계속 노래를 불러주시면서 저랑 같이 놀아 줄 수 있으세요?"

매일 망갈라가 노래를 하면 그 소년은 신선한 우유를 그에게 가져다줬다. 소년은 그 앞에서 함께 노래를 부르고 춤을 추기 시작했다. 둘은 매일매일 춤추고 노래하며 신나게 놀았다. 그러다 어느 날 그 소년이 그를 찾아오지 않았다. 망갈라는 초조해지기 시작했고 슬퍼지기 시작했다.

"내가 왜 이리 초조해하지? 물론 그 소년이 친구지만 나는 여태껏 많은 사람을 만나오지 않았는가? 왜 내가 이 소년에 대해 이리 걱정하고 있는 걸까?"

그는 그 소년과의 추억을 되새겨 보았고 깨달았다.

그 소년은 크리슈나가 될 모든 자질을 갖고 있었다는 것. 자신의 노래에서 찬양하는 그 모든 기질을 그 소년이 갖고 있었다. 그는 그 소년의 아름다운 목소리,

춤, 피리 소리를 떠올렸다. 그 소년은 그냥 양치기 집 안의 아들이 아니라 분명 크리슈나 신이라고 망갈라는 생각했다. 망갈라는 다음에 소년이 자신을 찾아오면 다시는 떠나가지 않게 꽉 붙잡고 절대로 놓지 않을 거라고 다짐했다. 다음 날 소년이 우유와 빵을 들고 그를 찾아왔다. 그는 소년의 다리를 꽉 붙잡고 말했다.

"넌 날 속일 수 없어, 너는 크리슈나야. 너는 신이라고! 너는 나와 같이 노래하기 위해 소년의 모습으로 내려온 신이야. 나는 깨달았어. 너에게 내 삶을 바칠 거야. 네가 다신 나를 떠나지 말았으면 좋겠어. 다시는 꽉 잡은 손을 놓지 않을 거야."

그러자 소년이 망갈라를 뿌리치며 말했다.

"어리석은 망갈라, 너는 아직도 아무것도 모르는구나. 신은 네가 잡을 수 있는 존재가 아니며 잡히지도 않은 존재다. 네가 신을 잡을 수는 없다. 신이 너를 잡는 것이지. 그러니 너는 계속 노래를 불러라. 내가 춤을 계속 출 수 있게."

망갈라는 자신의 눈을 찔러 가며 신을 찾았지만, 결

국 아무것도 알지 못했다.

나도 망갈라처럼 모든 것을 알고 있는 듯 행동하고 자신만만하게 말하지만, 아직 아무것도 모른다. 요가 수련을 꽤 오래 했고 이론을 제법 안다고 생각하기에 때로는 나도 모르게 자신감이 차오르기도 하지만, 어리석은 망갈라와 별반 다를 게 없다. 왜냐면 나의 의지와 노력이 전부는 아니기 때문이다.

내 안과 밖에 존재하는 신성한 에너지들이 나와 함께 해야 내가 설 수 있다. 내가 할 수 있는 것은 단지 수련하는 것뿐이다. 노래하는 것뿐이다. 모든 것은 자연스럽게 따라와 나를 잡아 줄 것이다. 그러니 노래를 부른다. 신이 춤을 출 수 있게 말이다. 이 아름다운 이야기를 하고 싶어서, 수련하고 노래하듯이, 나는 이 글을 쓰고 엮었다.

텀블벅 후원자 명단

후원해주신 모든 분께 감사드립니다.

강경원	김유선	박미리내
강연우	김윤이	박민경
강은실	김종표	박선희
강해로	김좌미	박성숙
고나현	김주현	박수희
구혜나	김지민	박인화
권선민	김지수	박지애
권정은	김지순	박진영
김경민	김지영(요마)	박한울
김규리	김지혜	박현
김나윤	김지훈	반아람
김다영	김찬미	배주영
김단비	김태남	사과서점
김명래	김태현	사랑하는 예준♡시현♡
김민정	김현숙(lydia)	하준 건강하게 자라렴
김상현	김혜정	서귤
김서정	김효린	서시라
김선	남이슬	서완석
김선혜	내딸하트야사랑해	성제현
김세이	노재영	송수옥
김소명	노혜인	송
김소영	다랑	신민규
김솔지	도원우	신은지
김수인	도티끌	신현정
김수지	디야나	신혜원
김아영	미바	심희경
김안나	민다혜	안선미
김예은	박도하	안은경
김왕공	박미라	안은지

여민정
오수현
요가사랑_이남희
요가세계
용지원
우혜민
원재희
유경은
유다겸
유수연
윤경
윤미리
윤선희
윤원선
윤이나
윤지혜
윤푸름
윤혜진
윤효진
은가비요가 임소영
이가현
이고은
이명진
이민영
이봄
이상미
李雪米
이성진
이슬
이아연
이유나
이제석
이지안
이지희

이채현
이해인
이현경
이현지
이혜영
이효연
이흔찬
인법스님
임쎄정
임정은
임지은
장지은
장혜연
전소현
전유진
정가영
정구선
정미경
정미혜
정승현 엄설화
정예진
정우규
정유경
정지은
정희정
조아라
조아영
조연우
조예은
조은영
조은홍
조혜정
지현
차승희

차해주
청련
최경숙
최나래
최서희
최수안
최유미
최은경
최은혜
최지혜
최진희
최현주
최현희
콩지
하유라 성백천
하지희
한지선
함나경
홍경미
홍아람
황민영
황주희
황지연
황지은
For hae-ji yu
Jeehye Wisdom Jung
Lee Shin young
Lovely제이
M&M YOGA.PILATES
RJ
Violetjjim
Zen, Zi Soo